KB181015

사는것도 두렵고
죽는것도 두려운

　　　　당신에게

사는것도 두렵고
죽는것도 두려운
당신에게

진세희

행복우물

프롤로그

건너편에서 백발의 늙은 할머니 한 분이 허리를 제대로 펴지도 못하고 지팡이에 의지한 채 휘청거리며 걸어오고 있습니다. 족히 90세는 넘었을 그 분의 얼굴은 깊게 패인 주름이 흘러내리는 살들을 간신히 붙잡고 있었고, 마르고 앙상한 몸은 마치 블랙홀에 빨려 들어가는 듯 쪼그라들어 금방이라도 붕괴될 것 같습니다. 나는 그 노인의 모습에서 10년 후, 20년 후, 30년 후의 내 모습을 봅니다. 또한 동시에 그녀의 태어남의 순간부터 지금까지의 모든 모습을 상상해 봅니다. 이 늙은 여인에게도 하얀 솜털에 통실통실하고 보드라운 살을 지닌 귀여운 어린 시절이 있었을 것이고, 싱그럽고 화사한 꽃다운 봄이 있었을 것이고, 아이를 안고 젖을 먹이며 양육하는 풍성하고 아름다운 여름과 가을도 있었을 것입니다. 하지만 그 모든 시절을 겪어내고 품어온 이 여인에게서 나는 앙상하고 메마른 노인만을 볼 뿐, 그녀가 거쳐온 그 어떤 모습도 보지 못합니다. 우리는 지금 통과하고 있는 현재만을 볼 수 있을 뿐, 과거와 미래를 동시에 볼 수 없습니다. 하지만 만일 시간을 관통해 전체를 볼 수 있다면 어떨까요? 그게 어떤 모습일지 궁금하지 않나요?

우리는 3차원의 물리적 공간에 갇혀있기에 그 이상의 차원을 볼 수도 없고, 상상하기도 힘듭니다. 과거에서 현재 미래로 한 방향으로 흐르는 일직선상의 시간을 따라 살고 있는 우리는 모든 시간과 이야기가 동시에 존재하고 이미 완결되어 있다는 것을 이해하기도 어렵고 알 수도 없습니다. 오직 자신이 통과하고 있는 '지금'의 시공간 단편만을 보고 알 수 있을 뿐입니다. 하지만 만일 더 높은 차원에서 바라본다면 어떨까요? 과거 현재 미래의 그 모든 시간에 담긴 모습을 한꺼번에 동시에 볼 수 있지 않을까요?

2차원에 사는 점, 선, 면은 3차원의 입체를 한 번에 전체를 인식할 수가 없습니다. 2차원의 단면으로만 잘라서 알 수 있을 뿐입니다. 예를 들어 2차원의 존재가 입체인 의자를 아래부터 차근차근 단면을 통해서 보게 된다면,

떨어져 있는 네 개의 조그마한 면들이 시간이 지나서 갑자기 큰 하나의 사각형으로 되었다가 길쭉한 면이 되어 사라지는 것으로 보일 것입니다.

아마 2차원의 존재들은 의자가 태어나면 4개의 떨어진 자그마한 동그라미였다가 청년이 되면 합쳐져 큰 사각형으로 커지고 장년이 되면 길쭉한 막대기 모양으로 변해 사라진다고 생각할지도 모릅니다. 하지만 3차원을 사는 우리는 2차원의 존재가 의자를 인식하는 방식을 벗어나서 그것의 전체 모습을 한꺼번에 볼 수가 있습니다.

이와 마찬가지로 4차원 이상에서 우리를 바라보면 어떻게 보일까요?

탄생의 순간부터 청년 장년의 시간을 지나 노년의 순간까지 동시에 한꺼번에 볼 수 있지 않을까요?

이상한 이야기처럼 여겨지겠지만 영화를 예로 들어보면 이해하기가 쉽습니다.

어떤 인물의 태어남부터 죽음에 이르는 순간까지의 한 편의 영화가 있다면, 그것은 시공간이 없는 정보로 저장이 됩니다. 우리가 그 영화의 플레이 버튼을 누르는 순간 시간과 공간이 펼쳐지면서 순차적으로 이야기가 흘러가는 것이죠. 하지만 그 영화 속 주인공의 모든 시간과 이야기는 이미 전부 완결되어 존재합니다.

우리가 살고 있는 세상도 그와 마찬가지입니다. 영화와 현실의 다른 점은 영화는 이야기가 하나로 정해져 있지만, 현실은 무수한 세계가 중첩되어 있다는 것입니다. 지금 내가 무엇을 할지 어떤 선택을 할지에 따라서 수없이 중첩된 현실 중의 하나를 체험하는 것이고, 그에 따라 이야기를 만들어 가는 것입니다. 하지만 우리는 대부분 무의식의 프로그램대로 생각하고 말하고 행동하기에 이미 정해진 대로 삶을 체험하게 되는 것입니다. 잠든 채로 프로그램에 따라 살아가는 것이지요.

물론 당신은 무슨 말도 안 되는 소리냐고 반문할 수도 있겠지만, 이 세상이 실재라는 것을 당신은 그 무엇으로도 증명할 수 없고 진실이 무엇인지에 대해서도 결코 알 수 없습니다.

우리가 보고 느끼는 세상은 인식의 한계가 만들어 낸 착각이고 환상입니다.

우리는 '나'를 벗어나서는 세상을 인식할 수도 없으며 현실을 체험할 수도 없습니다.

'나'에 갇혀서 세상을 바라보고 타인을 해석하며 바깥을 통해 비치는 내 모습만을 볼 수 있을 뿐입니다. 그러므로 우리는 철저히 '나' 속에서 내가 만들어 낸 세상 속을 살고 있는 것입니다. 그렇게 오감과 현실에 갇혀서 그 세상을 전부로 알고 살다 보면, 우리는 그 안에서 한없이 무력하고 작고 미미한 존재가 됩니다. 하지만 자신에게 주입된 관념과 생각의 틀을 벗어나서 세상을 바라보고 현실을 이해하고 해석할 수만 있다면, 그 모두가 자기 스스로 만들어 낸 감옥이고 환상이었음을 알게 됩니다.

이 책은 자기가 만들어 낸 환상 속에 갇혀서 절망하고 상처받고 두려움에 떨고 있는 나에게 전해주는 이야기입니다. 우리에게는 오감으로 느껴지는 세상 속에서 울고 웃고 기뻐하고 슬퍼하는 '나'가 있고 그런 나를 떨어져서 '지켜보는 나'가 있습니다. 3차원의 물리적인 현실에 갇혀 허우적대는 내가 있고 그 이상의 차원에서 전체를 바라보는 내가 있는 것이죠.

여기에서 나오는 '당신'은 세상과 분리되어 존재한다고 믿고 세상과 타인으로부터 자신을 지키고 방어해야 한다고 생각하는 '작은 나'입니다. 그 '작은 나'에게 지금 보이는 게 전부가 아니라고, 그것은 생각이 지어낸 착각일 뿐이라고, 그 안에서 너무 힘들어하거나 절망하지 말라고, 보이는 세상 너머를 보고 자기가 갇힌 생각보다 커지라고, 이렇게 나를 넘어선 내가 건네는 따뜻한 위로와 격려의 말입니다.

오감이 닿는 느낌에 집착하며 현실에 끌려다니는 당신을 위한 글입니다.

마음이 이루어 놓은 세계를 다 무너뜨릴 준비가 되어 있는 당신의 글입니다.

이 책을 읽는 당신에게, 자신이 갇힌 세상 너머에 더 큰 세상이 존재함을 힐끗 보게 되었을 때의 감동과 눈을 가리고 있던 장막 하나가 벗겨져 더 밝아진 세상을 보게 되었을 때의 설렘과 흥분이 전해지기를 소망합니다.

감사합니다.

목차

당신은 누구인가요?

2부

두려움, 그 실체에 대하여

3부

내 밖의 타인과 세상

4부

'문제'라고 여겨지는 것들

5부

이대로인 삶

6부

당신 삶의 주인은 무엇인가요?

1부

당신은 누구인가요?

당신은 누구인가요?

'나는 무엇인가?' 이것이 정말로 궁금해 본 적이 있나요? '당신은 누구인가요?'라는 질문에 당신은 뭐라고 답할 건가요? 아마 대부분의 사람은 위의 질문에 '내 이름은 무엇이고, 어디 출신이며, 직업은 이렇고, 가족관계는 어떻게 되고…' 이렇게 '나'를 이룬다고 생각하는 여러 수식어를 나열할 것입니다.

하지만 이름이나 직업이 내가 될 수 있을까요? 내가 소유한 지식이나 물건을 '나'라고 말할 수 있을까요? 더 나아가 이 '몸'이 '나'라고 답할 수 있을까요? 이름이나 직업은 얼마든지 바뀔 수 있는 것이며 세상에서 소유한 것은 언제든지 잃어버릴 수 있고 그것을 '나'라고 말하기에는 턱없이 부족합니다.

그럼 내 몸은 어떨까요? 만일 내가 성형수술을 해서 얼굴이 바뀐다면 '나'라는 존재도 바뀌게 되는 건가요? 이 몸 또한 시시각각 변하며 사고로 몸의 일부를 잃을 수도 있는데 그런다고 내 존재가 변하거나 줄어드는 것이 아니므로 몸도 '나'라고 말하기에는 충분하지 않다는 것을 알 수 있습니다. 그럼 내가 가진 기억이나 지능, 성격 같은 것들로 '나'를 대표할 수 있을까요? 하지만 이 또한 뇌의 손상이나 사고로 인해서 얼마든지 변하게 될 수 있습니다.

이렇게 조금만 자세히 들여다보면 '나'라고 생각하는 것들은 언제든지 바뀔 수 있는 것들이며 매 순간 끊임없이 변하고 있음을 알 수 있습니다. 몸의 오감을 통하여 인식되고 느껴지는 것들 또한 생성되고 소멸하기를 반복하고 생각이나 감정도 일어났다가 사라지므로 이것들 또한 내가 될 수 없습니다.

그렇다면 과연 나는 무엇일까요? 모든 것이 끊임없이 변하고 나타났다 사라지는 이 세상에서 '나'는 무엇이라 말할 수 있을까요?

인간의 모든 고통의 근본 원인은 내가 누구인지를 모르는 것으로부터 기인한다고 합니다. 내가 누구인지를 모르니까 자꾸 밖에 보이는 것에서 나를 동일시할 만한 것들을 찾아 헤매고 그것에 대한 집착과 소멸의 두려움에 시달리게 되는 것입니다.

우리는 본래 물리적인 육신에 한정된 제한된 존재가 아니라 물질세계를 넘어선 그 이상의 존재입니다. 오감이 전해주는 세계에 갇혀버린 우리는 보이고 만져지는 실체가 있는 물질적인 무언가로 자신을 해석하고 정의 내리려 하지만, 그럴수록 나와 세상을 더욱 경계 짓고 구분하게 되며 나는 그 안에서 자꾸만 더 고립되고 쪼그라들게 됩니다.

'진정한 나'를 알기 위해서는 생각과 이성이라는 감옥에서 빠져나와야 합니다. 오직 보이고 들리고 만져지는 것만이 실체라고 믿는 한정된 물질세계에서는 자신의 무한함을 인식할 수도, 알 수도 없기 때문입니다. 그럼 어떻게 하면 그럴 수 있을까요?

생각이 사라진 자리에서 확인할 수가 있습니다. 생각이

없는 고요한 그 자리를 한 번 느껴보세요. 아무런 생각도 분별도 없는 당신은 누구인가요?

질문에 대한 답을 얻기 위해서는 그것을 계속 가슴에 품고 있어야 합니다. 일상의 매 순간 '나는 누구인가?' '나는 왜 여기에 이 모습으로 존재하는가?' 이 질문을 놓치지 말고 자신에게 물어보세요. 그렇게 계속 묻다 보면 생각의 재잘거림이 조용해지고, 바깥 세계를 돌아보느라 정신없던 당신의 눈이 자기 안을 들여다보는 순간, 그 답이 얼핏 드러나게 됩니다.

'나'라는 생각만이 있을 뿐…

'나'를 고집하지 마세요.
물이 그릇의 모양대로 완벽하고 자연스레 담기듯
삶이 어떤 모양을 취하든 그대로 온전히 담아내세요.
본래 정해진 나는 없습니다.
오직 '나'라는 생각만이 있을 뿐입니다.
'나'라는 생각을 내려놓으면
나를 방어하거나 부풀리느라 애쓸 필요가 없습니다.

☆

당신이 그 어떤 모습으로 존재하든 그대로가 진실입니다.

답답한 현실에 괴롭나요? 초라한 자기 모습에 슬프고 화가 나나요? 보이는 현실이 어떻든 간에 그게 그 순간의 진실이고, 당신이 그 어떤 모습으로 존재하든 그것이 당신의 완벽한 모습입니다.

우리는 끊임없이 자기 존재를 타인으로부터 인정받고 싶어 합니다. 그래서 자신을 증명하기 위해 부, 지식, 명성, 권력 등 '나'를 대단한 무언가로 만들어 줄 것이라 여기는 것들을 추구하느라 삶의 에너지를 다 써버리게 됩니다.

하지만 내면에서 자신이 보잘것없다는 생각과 전쟁 중이라면 바깥에서 제아무리 많은 부와 명예와 성공을 이룬다 해도 당신은 결코 행복해질 수 없습니다. 겉을 아무리 화려하고 값비싼 포장지로 둘둘 감싸도 당신의 존재 상태는 그대로이기 때문입니다.

행복은 얼마나 많이 소유하고 높이 올라가느냐의 문제가 아니라 지금 이 순간에 자신과 세상을 어떻게 경험해 내는지에 대한 나의 존재 상태입니다. 당신 내면의 존재 상태가 가난하다면 온 지구가 통째로 주어진다 해도 당신은 결코 행복해질 수 없습니다.

그러면 어떻게 하면 자신과의 전쟁을 끝내고 진정한 행복과 평화의 상태에 머무를 수 있을까요? 나 자신이 이대로 온전하고 완벽하다는 것을 받아들이면 됩니다. 나는 누구에게도 내 존재를 증명할 필요도 인정받을 필요도 없는, 그 누구와도 비교 불가능한 유일하고 온전한 존재임을 알아차리는 것입니다.

세상의 모든 존재는 각자 자신의 정확한 모습대로 존재하고 거기에서 어디 더하거나 뺄 필요가 없이 그대로 완벽합니다. 어떤 기준으로 서열을 매길 수도 없고 비교나 판단 자체가 불가능한 그대로의 존재인 것입니다.

길가에 핀 작은 들꽃 하나조차도 눈에 띄지 않는다고 대충 피는 법이 없이 생긴 모습 그대로 최선을 다해 자신을 표현해 내고, 누가 더 이쁘고 큰 꽃을 피우는지 결코 비교하지 않습니다. 유치하고 이기적인 인간만이 여기에 우열을 가리고 경중을 따질 뿐이지요.

자신을 기준으로 삼으세요. 타인과 비교해 스스로를 평가하거나 재단하지 말고 그 누구에게도 자기 존재를 인정받을 필요 없이 온전히 자신으로서 존재하세요. 자신에 대해 갖는 모든 판단과 분별, 우월감과 열등감은 생각이 지어낸 이야기에 불과합니다. 당신은 그 누구보다 더 낫지도 못하지도 않은 그대로의 존재입니다.

타인과의 비교를 통해서 자기 존재가치를 매기는 그런 우스꽝스럽고 어리석은 세계에서 그만 빠져나오세요. 모두 다 당신이 만들어 낸 세계입니다. 그 세상 속의 타인들은 아무도 당신을 신경 쓰지 않습니다.

환상이 아무리 멋지고 매력적이어도…

진짜 그것이 되지 못하면 그 몸짓이 아무리 화려하고 요란해 보이더라도 결국은 이내 곧 스러지는 파도의 일렁임에 불과합니다.

파도의 모양에 집착하지 말고 바다가 되세요.

얼마나 많은 파도를 일으키고 높이 올라가느냐에 주의를 빼앗기지 않고 바다의 깊은 근원에 머물러야 합니다.

물결의 모양에 현혹되어 보이는 모습을 좇아가고 생각을 따라가는 것은 마음의 속성입니다.

마음은 생각대로 해석하고 바라보며 그것이 진실이라고 우리에게 계속 속삭입니다.

하지만 이 세상은 전부 마음이 지어낸 이야기입니다.

내가 보고 느끼는 것들이 모두 착각이고 오해인 것입니다.

☆

환상이 아무리 멋지고 매력적이어도
결국은 환상일 뿐입니다.
가짜에 너무나 많은 힘을 들이지 마세요.
가볍고 즐겁게 그 모든 것을 바라보고 즐기세요.

☆

당신은 지금 역할 놀이를 하고 있습니다.

당신이 삶에서 맡은 배역은 무엇인가요?
그 배역 속의 당신은 어떤 모습인가요?
당신은 그 역할이 마음에 드나요?

우리는 모두 역할 놀이를 하고 있습니다. 세상과 분리되었다는 착각에서 나온 '몸'이라는 도구를 통해서 삶이라는 무대에서 여러 역할을 경험하는 중입니다. 문제는 우리가 자기 캐릭터에 너무나 몰두한 나머지 이것이 자신이 맡은 배역이라는 사실을 잊어버리고, 그것과 자신을 동일시해 버린다는 사실입니다. 더구나 그 역할이 크고 중요할수록 우리는 그 배역에 깊이 빠져들게 되고 자기 존재가 더 크고 대단해진 깃처럼 착각하게 됩니다. 이것은 오히려 진정한 자신을 볼 수 있는 기회를 차단하며,

남들이 정한 내 모습을 '나'라고 믿으며 그 배역에 몰입하게 만듭니다.

그렇게 배역과 자신을 동일시해 버린 우리는 본래 자기 모습을 잊어버린 채 그 안에 갇혀서 에고의 지배를 받게 되는데요, '나'라는 개체성을 전부라고 여기는 에고는 어떻게든 나와 세상과 타인 사이에 경계를 확실히 짓고 싶어 합니다. 그래서 타인으로부터 '나'를 구별되고 돋보이게 할 경계의 성을 높이 쌓는 걸 중요시 합니다. 나의 소유물, 나의 지식, 나의 권력, 나의 명성…, 이렇게 '나'를 중요하고 대단하게 보이게 할, 자신을 부풀릴 만한 것들을 추구하게 되고 거기에서 행복과 자유를 찾으려고 합니다.

하지만 에고가 추구하는 것은 그 어떤 것도 우리에게 온전한 행복과 자유를 줄 수가 없습니다. 애초에 '나'라는 개별성 자체가 환상이고 거기에 그 무엇을 가져다 붙여도 결국은 전부 진짜가 아닌 허상이기 때문입니다. 우리는 그 허상에 울고 웃고 슬퍼하고 기뻐하는 것입니다.

진정한 내가 누구인지도 모른 채, 타인과 에고가 규정한 내 모습을 전부라고 알고 평생을 그 역할을 연기하다 죽는 것은 얼마나 허망한 일인가요. '이게 나야.'라고 믿고 있는 내 모습, '이게 너야.'라고 남들이 정해준 내 모습, 이것은 모두 자기 생각이 지어낸 관념이고 에고가 지어내는 드라마 속의 내 모습입니다.

'진짜 내가 누구인지'를 알기 위해서는 '에고가 말해주는 나'에게서 떨어져나와 자신을 바라볼 수 있어야 합니다. 내가 맡은 배역과의 동일시에서 벗어나 관객의 눈으로 그 역할을 해내는 자신을 바라볼 수 있어야 합니다. '나'라는 이름에 붙은 모든 수식어와 치렁치렁 매단 장식을 다 걷어내고 자기의 맨 모습을 마주할 때, 삶에 대한 중요성과 심각성의 무게가 사라지면서 자신을 제한하던 것으로부터 자유로워질 수가 있습니다.

관찰자가 되세요. 나의 모든 생각 감정 행동을 한 발 떨어져 제삼자의 자리에서 무심히 관찰하는 자신을 느껴보세요. '나'라는 좁은 개체성을 벗어나야 자신의 본래 모습이 보입니다.

삶은 한낱 놀이일 뿐…

엄청나게 심각한 척, 생사가 달린 듯 대단한 척, 이것 아니
면 안 될 것처럼 구는 그 모든 것이 한낱 놀이임을 알아차
리세요.
삶은 놀이입니다.
그 어느 것 하나 놀이가 아닌 것은 없습니다.
아무리 내가 쥐고 있는 것이 진리인 것 같고 진실인 듯 느껴
져도 모두 다 게임의 규칙일 뿐입니다.
삶은 이 순간에 내가 이 놀이를 얼마나 잘 즐기느냐의 문제
이지, 손익을 따져 많이 쌓고 얼마만큼 높이 오르고 이루느
냐의 문제가 아닙니다.

☆

생각과 감정은 무의식의 습관이고 프로그램입니다.

머릿속에서 똬리를 틀고 당신을 옥죄는 그 생각 때문에 괴로운가요? 늘 반복되는 감정의 패턴 때문에 지치고 화가 나나요? 진실은 생각과 감정이 당신을 힘들게 하는 게 아니라 당신이 그것들을 붙잡고 스스로를 괴롭히고 있는 것입니다.

일상에서 어느 순간 덜커덕 마음에 걸림이 일어나고 생각의 흐름이 막히면서 한 생각이 아예 머릿속에서 둥지를 틀고 새끼를 치는 경우가 있습니다. 내 안의 정리되지 못한 과거의 감정을 건드리는 말이나 상황을 만났을 때 우리는 이런 에너지의 막힘을 경험하게 됩니다. 그럴 때는 그 생각의 중요성과 무게감에 짓눌려서 꼼짝달싹을 못 하기도 하고 그것에 대항해 싸우느라 많은 에너지를 쏟아붓기도 합니다. 친구와 수다를 떨거나 술이나 음식을 먹거나 영화를 보는 등 그것을 덮어버릴 만한 다른 어떤 일들로 달아나기도 합니다.

하지만 이렇게 자기 안에서 일어나는 불편한 생각과 감정을 마주하기가 두려워 계속해서 도망치기만 한다면, 우리는 평생을 그것에 속박당한 채 같은 고리를 반복할 수밖에 없습니다.

모든 생각과 감정에는 그 이면에 조건 지어진 관념이 있습니다. 그것이 나의 유년 시절에 형성된 신념일 수도 있고 세상을 바라보고 해석하는 관점에서 비롯된 것일 수도 있습니다. 그것이 무엇이든 간에 어떤 특정한 상황에서 일어나는 자신의 자동적인 반응의 패턴을 뿌리 뽑지 않으면 우리는 계속해서 그것과 마주할 수밖에 없고 그 고통을 되풀이해서 겪을 수밖에 없습니다.

모든 생각과 감정은 무의식의 습관이고 프로그램입니다. 어떤 특정한 상황에서 반사적으로 일어나는 반응일 뿐입니다. 우리는 생각과 감정을 나와 동일시하고 진실이라 착각하지만 그것은 우리 기억에 저장된 과거의 묵은 패턴일 뿐입니다.

어떤 불편한 생각과 감정이 올라온다면 회피하려 하지 말고 오히려 그 안으로 깊이 들어가 보세요. '내가 또 이런 생각과 감정의 패턴 속으로 들어가는구나.' 순간 알아차리고, 이것들이 결코 진실이 아님을 기억해 내고 그냥 바라보세요. 무엇이든 우리가 집착하고 에너지를 주는 것은 커지기 마련입니다. 내가 풀어 놓아주기를 원하는 생각과 감정이 있다면 그것과 나를 동일시 하여 빨려 들어가지 말고 한 발 떨어져서 그 생각과 감정이 일어났다 사라지는 것을 바라보아야 합니다.

뭘 어떻게 해보려고 하거나 저항하지 말고 그저 생각과 감정의 오고 감을 무심히 바라만 보세요. 그러면 이 모든 것이 내 무의식의 습관이고 생각이 지어내는 이야기라는 것을 알 수 있습니다.

자신의 관념과 신념에 갇힌 희생자가 되지 말고 기꺼이 마주하여 그 본질을 들여다보세요. 삶에서 무언가를 회피하면 그것은 반드시 언제고 다시 찾아옵니다.

이미 정해진 고리…

생각과 감정의 일어남과 반응,
이 모두가 이미 정해진 고리입니다.
그 고리를 통과하면서도
그것을 알아차릴 수 있는 깨어있음과 공간만 있다면
1,000바퀴를 돌려야 나올 수 있는 그곳을
10바퀴 만으로도 사뿐히 나올 수 있습니다.

☆

'소유'란 생각의 집착에 불과합니다.

무엇을 소유한다는 것은 어떤 의미일까요? 왜 우리는 자신에게 꼭 필요하지도 않은 이런저런 많은 것들을 내 것으로 만들고 싶어 하는 걸까요?

우리는 소유하는 것이 많아질수록 자신이 대단해지고 더 커지고 중요한 존재가 된다고 착각합니다. '나의 몸' '나의 것' '나의 사람' '나의 지식' '나의 명예' '나의 권력'…, 이렇게 앞에 '나'라는 말이 붙으면 우리는 그것과 나를 동일시하기 때문입니다. 하지만 이것은 모두 에고가 부리는 속임수입니다.

에고가 가장 두려워하는 것은 몸의 쇠퇴와 죽음으로 인한 소멸입니다. 몸이 있음으로써만 존재할 수 있는 에고는 몸의 죽음과 함께 사라지게 되는 것이지요. 그래서 그 대체물로 변하지 않는 영원할 것이라 여겨지는 이런저런 세상의 것들을 끊임없이 추구합니다. 돈, 권력, 지위, 지식, 명성…, 이런 것들이 나를 돋보이게 해 주고 대단한 그 무엇인가로 만들어서 자신의 존재를 지속시킬 거란 착각을 하는 거죠. 하지만 우리 마음 깊은 곳에서는 이미 다 알고 있습니다.

내 바깥의 그 어떤 것도 존재의 근원에는 아무런 영향을 미칠 수가 없으며, 세상 것들을 많이 가진다고 해서 내 존재가 커지는 것도 아니고, 내가 가진 모든 것을 잃는다고 하더라도 내 존재가 작아지는 것도 아닙니다.

그저 하나의 생각에 불과합니다. 내가 그것을 소유하고 있다는 생각, 내가 소유하는 그것이 곧 '나'라는 생각, 내가 그것을 소유하고 있으므로 나는 그만큼 더 커지고 중요하다고 느끼는 생각, 엄밀히 따지면 우리는 그 어떠한 것도 진정으로 소유할 수 없으며 소유라는 개념 자체도 생각의 집착에 불과합니다.

어떤 것을 소유한다는 것은 그것에 들어가 있는 '나' '나의 것'이라는 생각에 집착하고 있는 것이지 그것이 결코 내 존재의 일부가 될 수는 없는 것입니다.

대부분의 사람은 죽음의 순간에 이르러서야 소유라는 개념 자체가 얼마나 무의미한지를 깨닫습니다. '나'라고 동일시하여 집착하며 붙들고 있던 것들이 얼마나 허망하고 허깨비 같은 것이었는지를 생의 마지막 순간에야 알게 됩니다. 자신의 존재를 증명하고 부풀리고자 했던 그 모든 노력이 부질없는 짓이었음을 깨닫게 되는 것이지요.

'나'라고, '내 것'이라고 생각하며 집착하고 있는 것은 무엇인지 들여다보세요. 만일 이것을 잃는다면 내 존재는 과연 더 작아지고 줄어드는지 자신에게 물어보세요. 그 답을 찾는 과정에서 이런저런 거추장스러운 장식을 다 걷어낸 자신의 참모습을 만나게 될 것입니다.

생각이 지어낸 망상일 뿐…

세상의 모든 풍요와 아름다움을 원 없이 누리세요.

걱정할 것도 불안해할 것도 하나 없습니다.

이 세상에는 이미 다 있기 때문입니다.

결핍과 분리는 생각이 지어낸 망상에 불과합니다.

세상과 내가 분리되어 있다는 그 생각을 가만히 들여다보세요.

어떻게든 '나'라는 생각을 붙잡고 세상으로부터 떨어져나와 돋보이고 싶어 하는 에고의 교만을 알아차려 보세요.

우리는 세상과 분리되어 존재하는 것에서 얻는 값싸고 허접한 욕망의 충족에 전 우주를 바꾸는 어리석음을 범하고 있습니다.

☆

몸과 마음에서 자극적인 것을 모두 빼내고 욕망에 대한 갈증과 중독에서 벗어나면 아무 일 없는 담백한 일상의 평온함과 은은한 행복을 느낄 수 있습니다.

☆

방어막을 해제해도 당신은 안전합니다.

당신이 쓰고 있는 가면은 무엇인가요? 당신이 그렇게 방어막을 치고 숨기고자 하는 진실은 무엇인가요? 우리 모두는 상황과 타인을 통제하려는 욕구를 가지고 있습니다. 불확실한 영역으로 내몰리는 것을 끔찍이도 두려워하는 에고는 앞으로 닥칠 상황과 타인을 자기가 원하는 대로 조종해서 예상 가능한 틀 속에 집어넣으려 끊임없이 애씁니다.

우리는 또한 나를 보호하기 위해서는 결코 진실해져서는 안 된다는 무의식적인 믿음도 가지고 있습니다. 만일 방어막을 다 내려놓고 상황과 타인에게 진실해진다면 나는 상처 입게 될 것이고 내 밖을 통제할 힘을 잃게 될 것이라고 생각합니다.

하지만 진정한 힘은 진실에서 나옵니다. 상처받지 않기 위해 자신을 포장하고 방어막을 친 채 세상과 타인을 대한다면 우리는 그 안으로 깊이 들어가지 못하고 내가 껍질을 두르고 대한 딱 그만큼의 세상과 타인을 만나게 됩니다.

자기 자신에게도 마찬가지입니다. 마주하기 불편한 내 모습을 회피하기 위해 자기에게 적당한 가면을 씌우고 스스로 타협해 어느 정도 포장해서 자신을 바라봅니다. 결국은 자기 본모습을 잃어버린 채 세상과 타인에게 보여지는 나로 살게 됩니다.

세상은 내가 마음을 열고 허용하는 딱 그만큼만 내게로 들어옵니다. 방어막을 치고 꽁꽁 싸매고 있으면 나는 좁은 내 안에 평생 갇히고 맙니다. 실제로 내가 지키고 방어해야 할 그 무엇은 없습니다. 이 세상 전체가 나이고, 모든 일은 나를 통해 일어나는 것이기 때문입니다. 그러기에 나는 그 어떠한 상황에서도 안전하고, 그 무엇에 의해서도 상처 입을 수 없습니다. 세상을 향해 타인을 향해 좀 더 다가가도 됩니다. 그 안에서 길을 잃을까 봐, 내 중심을 잃을까 봐 겁내지 않아도 됩니다.

자신에게 진실해지는 연습부터 해보세요. 나와 현실을 손아귀에 넣고 통제하고자 하는 노력을 살며시 놓아보세요. 방어막을 전부 내려놓고 진실해져도 당신은 절대적으로 안전합니다.

우리는 본래 사랑입니다…

'원수도 사랑하라'는 성인의 가르침을 생각해 보세요.
소중한 가족조차도 내 입맛에 맞으면 사랑했다가 내 뜻에
어긋나면 미워했다가를 반복하는데, 나를 해하고 상처입힌
원수를 어떤 마음을 지니면 사랑할 수 있을까요?
진정한 용서란 그 일이 일어난 바가 없음을 알고 용서할 것
이 없다는 것을 깨닫는 것입니다.
하지만 나와 남의 구분이 확실하고 이 세상의 이야기들이
진짜로 여겨지는 우리에게는 그 일이 쉽지 않습니다.
남이 나에게 해한 행위는 내 마음에 확실한 흔적을 남기고
그 행위와 그 사람은 동일시됩니다.
철저하게 그 사람을 나에게서 분리하고, 그 행위가 나에게
남긴 상처만큼 나도 그 사람에게도 상처입히고 싶은 마음
이 일어납니다.

☆

이게 남과 나를 분리하는 마음이 작동하는 방식이라는 것을 알면서도 이미 무의식에 뿌리 깊이 박힌 이 감정의 반응에서 빠져나오기는 쉽지 않습니다.

그러니 '무조건적인 사랑'만이 답임을 기억하고 또 기억하세요.

그 사람이 나에게 무언가를 해 주기 때문에 감사한 것이 아니라, 그 사람이 잘나서 좋아하는 것이 아니라, 그 사람 존재 자체만으로도 그저 감사하고 사랑할 수 있어야 합니다.

모든 이는 그 존재만으로도 귀히 여겨지고 사랑받기에 충분합니다.

우리는 본래 사랑이기 때문입니다.

☆

타인의 시선과 규범은 내 것이 아닙니다.

당신이 지금 절대적으로 좇는 믿음과 생각은 무엇인가요? 그것이 진실이라는 것을 당신은 어떻게 확신하나요? 사회가 그렇게 말해서? 학교가 그렇게 가르쳐 줘서? 타인들이 모두 그런다고 하니까? 그러면 사회와 학교와 타인이 말하는 것이 '내게 진실이다.'라는 것을 당신은 어떻게 알 수 있나요?

우리는 사회와 타인이 심어준 관념을 너무나 쉽게 진실이라 받아들이고 그것에 비추어 자신을 판단하고 정의 내립니다. 사회가 만들어 놓은 틀에 나를 끼워 맞추고 타인들이 정해놓은 기준을 따라가느라 늘 자신을 닦달하고 현실과 전쟁을 벌입니다. 세상이 그어놓은 금 안으로 들어가야 자기 존재를 인정받는다고 착각해 그 금 바깥으로 밀려나지 않으려고 아등바등하며, 그 안에서도 줄 세워진 수많은 기준에 따라서 우린 우월감에 우쭐해지기도 하다가 열등감에 한없이 쪼그라들기도 합니다.

하지만 가만히 생각해 보세요. 왜 사회와 남들이 정해준 관념과 틀에 따라가느라 웃고 울며 발버둥을 쳐야 하나요? 나에겐 '지금 이대로의 나의 모습'이라는 완벽한 기준이 있는데 무엇 때문에 남의 기준을 가지고 와서 자신을 괴롭혀야 하나요?

지금 이대로의 나는 나에게 가장 완벽한 모습입니다. 지금 내게 펼쳐진 현실은 나에게 가장 완벽한 상황인 것입니다. '나' 아닌 것은 티끌만큼도 내 세상에 존재할 수 없으며, 창틀에 내려 앉은 먼지 한 톨만큼의 오류만 있어도 세상은 이대로일 수 없습니다. 모든 것은 이대로가 진실입니다.

이 세상과 우리는 빛의 속도로 이동하고 있습니다. 조금만 방향을 잘못 잡아도 눈 깜짝할 사이에 이미 저만치 너무나 멀리 와 버린 나를 발견하게 됩니다. 타인의 시선을 의식하고 그들로부터 나를 확인 받고자 자신에게 주어진 삶을 내어주기에는 그 시간이 너무나 아깝고 소중합니다. 이 길이 진정 내 길인지, 아니면 어떻게든 어디든 가려고 성급하게 남들을 따라가는 것은 아닌지 자신에게 묻고 또 물어보세요.

타인의 시선과 규범은 내 것이 아니라 그들에게 나를 맞출 필요도 증명할 필요도 없습니다. 남들이 하는 대로 좇기보다는 자신의 길을 직접 찾아가는 수고를 감내해야 합니다. 삶을 살아가는데 필요한 모든 힘은 이미 우리 안에 다 있습니다.

본래 정해진 것은 없으니…

'내 생각'이 곧 '나의 현실'이고
'내가 정의하는 나'가 곧 '나'입니다.
본래 정해진 것은 아무것도 없습니다.
관성을 이기고 이미 정해진 습관과 관념의 틀을 깨세요.
원래 그러한 것은 없고 그래야 하는 것도 없습니다.
내 생각이 그러하면 그러한 것이 되고
내가 행하면 그것이 곧 나의 현실이 됩니다.
이 세상은 이대로 '나'입니다.
내 바깥에 떼어놓고 좋다 싫다 가를 게 없습니다.
이 세상이 통째로 나이고 내가 곧 이 세상이기 때문입니다.
나는 '나'로부터 단 한 순간도 떨어지거나 벗어날 수 없습니다.
나는 '나' 속에서 살고 '나'를 바라보고 느끼는 것입니다.

☆

'나' 아닌 것은 아무것도 존재하지 않습니다.

☆

우리는 이미 정해진 프로그램대로 살고 있을 뿐입니다.

당신은 자유의지대로 살고 있나요? 자신이 독립된 의지를 가진 존재라고 생각하나요? 우리는 수많은 선택을 자기 의지대로 결정하고 행동한다고 생각합니다. 하지만 자세히 살펴보면 대부분의 결정이 이미 과거에 했던 방식대로 무의식적으로 이루어짐을 알 수 있습니다.

이미 정해진 프로그램대로 행동하면서 사람들은 자기 의지대로 선택했다고 착각을 하는 것이지요. 이 사실에 동의하지 못하겠다면 당신이 오늘 하루를 어떻게 살았나 하나하나 살펴보세요. 어제를 반복해서 살고 있지 않나요? 항상 하던 방식대로 일을 처리하고, 으레 가던 길과 장소를 다니며, 매번 만나는 사람과 마주치며, 과거에 가지고 있던 이미지대로 그 사람을 바라보고, 일어나는 상황에 전과 같은 해석과 반응을 보이지 않았나요?

우리는 현재를 온전히 깨어서 살지 못하고 과거에 조건 지어진 습관대로 생각하고 반응하고 행동합니다. 그래서 늘 같은 문제를 되풀이하게 되는 것이고 닫힌 쳇바퀴의 고리 속에서 벗어나지 못하고 있는 것입니다. 우리는 자유의지대로 사는 것이 아니라 이미 정해진 프로그램대로 사는 것입니다.

그러면 어떻게 하면 이 프로그램에서 자유로워질 수 있을까요? 자신이 프로그램대로 생각하고 말하고 행동하고 있다는 것을 알아차려야 합니다. 그리고 깨어서 의식적으로 선택하는 것입니다.

우주는 최소의 에너지로 최대의 효율을 내는 것을 좋아하므로 우리의 선택과 행동 또한 늘 하던대로 관성의 법칙을 따라 움직이게 되어있습니다. 이것이 잘못된 것은 아닙니다. 하지만 자신이 정말로 끊어내고 싶은 삶의 닫힌 고리가 있다면, 늘 하던대로 하는 방식으로는 절대로 그 고리를 벗어날 수가 없습니다. 특정한 상황에 자동으로 일어나는 생각과 감정을 먼저 알아차리고 늘 행하던 방식을 벗어나 다른 선택을 해야 합니다. 이게 쉬운 일은 아니지만 알아차림과 노력만 있으면 얼마든지 가능합니다.

이미 깊이 골이 나버린 물길을 돌려 새로운 길을 내기 위해서는 더 깊은 골을 계속해서 파야 하듯이, 생각이 흐르던 마음의 홈을 내가 원하는 곳으로 흐르게 하기 위해서는 의식적인 애씀과 노력이 필요합니다.

알아차리는 연습을 해보세요. 내 안에서 일어나는 생각과 감정을 나와 동일시하지 말고 한 발짝 떨어져서 바라보세요. 그렇게 '나'로부터 떨어져 관찰자의 눈으로 나를 바라보면 내게 주입된 무의식의 프로그램이 무엇인지가 보이고, 그 안에서 나올 수 있는 힘이 생깁니다.

무한히 반복되는 닫힌 고리…

우리는 모두 생각에 갇혀 있고, 관성에 갇혀 있고, 시공간에 갇혀 있고, 빛의 속도에 갇혀 있고, 육신에 갇혀 있습니다.

똑같은 순간들을 영원히 반복하고, 같은 공간 속을 계속해서 맴돌며, 생각이 지어내는 착각 속에서 같은 이야기를 끊임없이 반복하고 있습니다.

이미 정해진 무한히 반복되는 프로그램에 무력하게 끌려가지 않을 수 있는 방법은 오직 깨어있음과 알아차림뿐입니다.

☆

이 순간, 깨어서 나를 바라보세요.

내 안에서 올라오는 생각과 감정을 알아차리고 나의 행동을 하나하나 한 발 떨어져 무심하게 바라보세요.

'나'로부터 떨어져 나와야 한없이 반복되는 닫힌 고리에서 빠져나올 수 있습니다.

☆

당신은 지금 환상 속의 장난감에 집착하고 있습니다.

당신은 지금 행복한가요? 당신에게 행복은 무엇인가요? 사람들이 흔히 생각하는 행복이란 바라는 어떤 것이 이루어졌을 때 혹은 자신이 느끼던 어떤 결핍이 충족되었을 때의 즐거움과 쾌락을 말합니다. 하지만 이런 식의 행복은 금세 사라지기 마련이고 우리는 또 다른, 이번에는 더 색다르고 강도가 강한 행복을 원하게 됩니다. 이건 행복이 아니라 욕망의 충족으로 인한 일시적인 즐거움이나 쾌락인데요, 이런 욕망의 추구로 인한 행복은 결코 만족을 모르며 그 끝도 없습니다.

이것은 조금만 들여다보면 쉽게 알 수 있는 사실입니다. 당신이 그렇게 원하던 어떤 물건을 샀을 때 혹은 이것만 이루어지면 소원이 없겠다 싶었던 일이 막상 이루어졌을 때 그 즐거움과 행복이 얼마나 오래 가던가요? 이내 그것들은 일상이 되어 무덤덤해지고 다시금 당신을 흥분시키고 즐거움을 안겨줄 무언가를 찾아 헤매게 됩니다.

이렇게 결핍에 근거한 욕망의 추구는 결국 마약 중독자가 마약의 노예가 되듯 우리를 욕망의 노예로 만들어 불행과 공허로 빠뜨립니다. 그럼 어떻게 하면 욕망에 이리저리 끌려다니며 맛보는 일시적인 쾌락과 즐거움의 가짜 행복이 아닌 영원하고 변하지 않는 완전한 행복을 느낄 수 있을까요?

그 유일한 방법은 내가 누구인지를 질문하고 진정한 나를 아는 것입니다. 이것이 굉장히 어렵고 힘든 일로 여겨지지만 자기가 아닌 것들만 걷어내면 자신의 참모습을 볼 수 있습니다.

우리는 많은 것들과 자신을 동일시합니다. 이름, 직업, 누구의 엄마나 아빠 혹은 딸이나 아들이라는 역할, 자기가 가진 물건이나 사회적 지위나 명성 등, 우리는 자신을 정의하기 위해서 이런저런 이름을 붙이고 치장해서 그것과 자기를 동일시 합니다. 하지만 아무리 멋져 보이는 번쩍

이는 것들로 덕지덕지 나에게 덧붙인다 하더라도 그것이 진짜 내가 될 수 없다는 것을 우리는 이미 알고 있습니다. 그래서 이것저것을 이루고 가져도 늘 공허함과 허전함의 충족되지 못한 감정을 갖게 되는 것입니다.

진짜 내가 아닌, 내가 동일시하고 있는 것들을 하나하나 걷어내세요. 그리고 진짜 나는 무엇인가를 고요히 살펴보세요. 당신이 행복하지 않은 이유는 진짜가 아닌 '가짜 나'를 위하여 살고 있기 때문입니다.

당신이 그토록 애타게 좇는 세상 것들은 삶을 낭비하면서까지 추구할 만한 가치가 전혀 없는 것입니다. 꿈속에서 아무리 요란하고 대단한 무엇을 이루고 가졌다 하더라도 깨고 나면 전부 다 사라져 버리는 환상이듯, 우리가 세상에서 추구하는 것들도 마찬가지입니다. 현실이라는 꿈속에서 아무리 빛나 보이고 진실인 듯 여겨지는 것도 결코 영원하지 않으며 모두 변하고 사라지는 결국은 전부 다 허망한 것입니다.

우리는 분명 이것을 알고 있습니다. 이 사실을 알면서도 어린아이가 장난감을 못 버리듯 그 허상에 집착하며 기

꺼이 속아 넘어가기를 원하는 것입니다. 하지만 영원히
어린아이에 머물 수 없듯이, 환상 속의 초라하고 허접한
장난감을 버리고 꿈속에서 깨어날 때가 오기 마련입니
다. 지금이 당신에게 그때라고 생각된다면 과감히 손에
쥔 장난감들을 버리세요. 욕망을 놓아주면 놓아줄수록
그것에 가려져 있던 진정한 삶의 가치와 행복이 드러납
니다.

나를 둘러싼 포장을 하나하나 걷어내고 자신의 진짜 모
습과 마주하면, 뭘 더 더하거나 뺄 것 하나 없이 이대로
온전하고 고요한 평화와 행복을 느낄 수 있습니다.

삶을 대하는 나의 존재상태…

목표에 도달하는 그 순간만이 내 삶인 것이 아니라
매 순간순간의 내가 곧 '나'이고 '내 삶'입니다.
무엇을 이루고 해내고 쌓는 것보다 삶을 대하는 그 순간의
나의 존재 상태가 훨씬 중요합니다.
버킷 리스트 잔뜩 쌓아놓고 그것을 하나씩 이루는 동안
몸과 마음이 힘들기만 하고 하나도 행복하지 않다면 그게
다 무슨 소용인가요.
자신이 가려는 정상에 오르기 위해서 숨이 턱까지 차오르
는 괴로움의 그 순간까지, 기꺼이 껴안고 즐길 수 있어야 행
복한 삶을 살 수 있는 진정한 목표인 겁니다.
남들에게 보이기 위한 소원들은 싹 지우고, 나를 내세우기
위한 쓸데없는 장식들은 다 걷어내고, 진정으로 자신이 원
하는 단 하나 딱 그것만 생각해 보세요.

☆

진짜로 뭘 원하는지 몰라 남들이 정해놓은 목표를 커닝해서 자기 삶의 목표로 삼는 건, 스스로에 대해 너무 무책임하고 터무니없는 짓입니다.

☆

2부

두려움, 그 실체에 대하여

모든 두려움은 생각이 만들어 낸 환영입니다.

당신을 지배하는 가장 큰 두려움은 무엇인가요? 일상의 모든 선택을 좌우하고 삶을 통제하는 그 두려움의 실체를 당신은 똑바로 바라본 적이 있나요? 두려움을 계속해서 피해 다니기만 한다면 결국은 그것이 끔찍한 괴물이 되어 당신을 집어삼키게 될 것입니다.

우리는 어릴 때부터 두려움을 갖도록 훈련받습니다. 사회와 타인이 정해놓은 기준에 부합하지 못해서 인정받지 못할까 봐 두렵고, 사람들에게 칭찬받지 못하고 미움받을까 봐 두렵고, 실패하고 상처받을까 봐 두렵고, 병들까 봐 두렵고, 죽는 것도 두렵습니다. 삶은 나를 언제든지 한순간에 무너뜨릴 수 있는 폭탄으로 가득한 지뢰밭과 같고, 그 지뢰를 피하느라 쩔쩔매며 두려움이라는 감옥에 갇혀버립니다.

일단 그 안에 갇히게 되면 우리는 두려움의 노예가 되어 이리저리 휘둘리게 됩니다. 우리의 눈과 귀는 닫혀버리고 자기 내면의 힘을 잃어버린 채 두려움이 이끄는 대로 속수무책 끌려가게 되는데요, 그것은 언제나 우리를 고통과 절망으로 내몰게 됩니다. 타인으로부터 인정받고 칭찬받지 못할까 봐 애쓰는 몸부림은 그 자체가 자기를 판단하고 분별하여 단죄하는 괴로움이 되며, 병들고 죽는 것에 대한 두려움은 그 생각을 품는 순간 우리를 병의 고통과 죽음의 공포가 존재하는 현실에 있게 합니다.

자신을 점령하고 있는 두려움이라는 괴물을 없애기 위한 유일한 방법은 그것을 똑바로 마주하고 바라보는 것입니다. 그러면 그것이 실제로 존재하는 실체가 아니라 생각으로 만들어 낸 허상임을 알 수 있습니다.

모든 두려움은 생각이 만들어 낸 환영입니다. 생각이 아닌 몸으로 두려움과 당당히 맞설 때 우리는 그것의 진짜 정체를 알게 됩니다. 현실은 생각으로 사는 게 아니라 몸으로 직접 움직여 통과해 내는 곳이기 때문입니다.

내 안을 건드리는 불편한 상황을 만났을 때 두려움을 놓아줄 수 있는 절호의 기회로 받아들이고 부정하거나 숨지 말고 있는 그대로 똑바로 마주하는 연습을 해보세요.

두려움과 불안의 부정적인 감정에서 벗어나려고 무조건 도망치려고만 하지 말고, 이 감정이 왜 생겼는지 한 발짝 떨어져서 바라보고 그것의 실체가 없음을 알아차리고 놓아주세요. 놓아버리지 않으면 그 감정이 만들어 낸 이야기 속에서 헤매다가 결국은 그 안에 갇혀버리게 됩니다.

내가 붙잡지만 않으면 모든 것은 그대로 나를 통과해 지나가기 마련입니다.

모든 것은 내 인식의 문제임을···

경계하지 않고 나를 방어하지 않으면 문제란 없습니다.

내가 힘을 쓰고 방어하는 만큼 세상도 나에게도 힘을 쓰고 방어하기 마련입니다.

'나'라고 쳐놓은 경계를 풀고 '내 것'이라고 움켜쥐고 있는 것을 내려놓으면 세상의 모든 풍요가 이미 내 것임을 느낄 수 있습니다.

본래 세상은 이미 이대로 완벽하고 온전합니다.

다만 그것을 어떻게 바라보기로 결정하느냐의 문제입니다.

우리는 각자의 이해와 인식의 한계만큼만 이 세상을 볼 수 있기에, 내게 보이는 세상이 불완전하다면 그 이유는 오직 내 인식의 문제임을 알아야 합니다.

☆

그냥 통째로 감사하세요.

이런저런 이유를 찾을 필요도 없이 감사해버리세요.

세상의 본래 모습을 볼 수 있게 됩니다.

☆

우리는 결코 자신의 탄생과 죽음을 체험할 수 없습니다.

죽음이 두렵나요? 내가 사라져 없어진다는 사실이 무섭고 공포스럽나요? 인간의 모든 불안과 두려움의 근원은 죽음으로 인한 자아의 소멸입니다. 태어나는 순간 우리는 죽음을 향해서 달려가고, 삶을 붙들고 행하는 몸부림은 전부가 이 죽음으로부터 도망치기 위함입니다.

그런데 우리는 죽음이 왜 이리도 무섭고 두려운 것일까요? 어쩌면 죽음은 길고 긴 잠에서 깨어나듯 그렇게 우리에게 명료한 앎과 무한한 자유를 안겨주는 것일 텐데 우리는 왜 그것에 저항하는 것일까요?

죽음을 두려워하고 저항하는 것은 우리의 에고입니다. 에고에게는 물리적 육신의 죽음이 곧 자기 소멸을 뜻하기 때문입니다. 그래서 그토록 죽음에 저항하고 두려워하는 것이지요. 하지만 조금만 고요히 들여다보면 죽음이 그토록 무섭고 두려울 이유가 하나도 없음을 알 수 있습니다.

당신이 죽음이 두려운 이유를 구체적으로 하나하나 종이에 적어보세요. 무엇 때문에 죽음이 그리도 두렵나요? 죽음으로 가는 길에서 마주하게 될 육신의 고통 때문에? 자신이 그동안 살면서 쌓아오고 이룩해 온 것들을 놓고 가기가 아쉬워서? 내가 죽으면 남게 될 가족들의 슬픔과 고통이 마음이 아파서? 또 무엇이 있을까요? 내가 소멸한다는, 내가 사라진다는, '나'라는 것이 없어진다는 것에 대한 막연한 공포 아닌가요?

우리는 '나'라는 것에 굉장히 집착합니다. 나의 몸, 나의 명성, 나의 지식, 나의 가족, 나의 재산, 나의 인기, 이렇게 '나'라는 것이 붙는 것은 자신과 동일시하여, 만일 그것들이 없어지거나 해를 입게 되면 우리는 자기 존재가 상실된 것처럼 슬퍼하고 괴로워합니다. 여기에 죽음이라는 것은 이 모든 것을 일시에 소멸시켜 버리는 그야말로 에고에게는 가장 강력한 적이 됩니다. 에고는 무슨 수를 써서라도 죽음을 피하고 싶어 발버둥치게 되는데요, 이로 인해 우리 무의식에 죽음에 대한 막연한 공포와 두려움이 자리 잡게 된 것입니다.

두려움이란 우리가 알지 못하는 막연한 것에서부터 비롯됩니다. 두려움에서 벗어나려면 똑바로 직면하고 부딪쳐 그것의 실상을 알아야 합니다. 죽음에 대한 두려움도 마찬가지입니다. 막연히 '죽음이 두렵고 공포스럽다.' 라는 감정으로부터 나와서 그것의 실체를 똑바로 바라보고 마주하세요.

죽음이 왜 두렵고 무섭나요? 탄생과 죽음이 무엇이 다른가요? 생겨남과 사라짐은 너무나 당연한 것이고, 소멸이 없으면 탄생도 없다는 진리를 알면서도 당신은 무엇에 그리 집착하고 있나요? 지금 당신이 내 것이라고 움켜쥐고 있는 그것들이 정말로 당신 것인가요?

몸에 대한 집착은 에고의 것이지 내 것이 아닙니다. 죽음을 두려워하고 무서워하는 것 또한 에고이지 진정한 나는 아닙니다. 이 몸이 '나'라고 주장하는 에고의 속임수에 넘어가 거기에 덩달아 휩쓸릴 필요가 없습니다.

탄생도 죽음도 생각일 뿐입니다. 우리는 결코 자신의 탄생과 죽음을 체험할 수 없습니다. 본인의 태어남을 기억하는 사람도 없고, 자기의 죽음 또한 절대로 체험할 수 없습니다. 으레 그러했을 거라는 짐작이나 앞으로 그럴 것이라는 추측일 뿐입니다. 우리는 오직 '지금'만을 경험할 수 있을 뿐입니다. 이 말은 당신은 실제로 태어난 바가 없으며 그러므로 죽을 수도 없다는 뜻입니다.

당신이 경험하는 세상과 삶의 이야기는 전부 당신의 생각 안에서 이루어지는 것입니다. 우리는 그 생각을 진실이라 믿고 그 안에서 울고 웃으며 삶을 여행하고 있습니다. 가만히 당신의 세상을 바라보세요. 당신의 생각이 아닌 것이 있나요?

그러니 미리 겁먹거나 두려워하지 마세요. 삶에서 주어지는 그 어떠한 것도 내 의지에 반해서 일어나는 일은 없습니다. 설사 그것이 죽음일지라도 내 허락 없이 내게 일어나는 법은 없습니다.

꽃이 예쁘다고 계속 가지에 매달아 둘 수 없듯이…

산다는 것은 성장을 의미하고
성장에는 결코 멈춤이나 후퇴는 없습니다.
팽창의 시기를 거쳐 소멸로 수렴하는 시기 또한
성장입니다.
모든 성장을 축복하고 환영하세요.
꽃을 피우고 열매를 맺는 팽창의 성장뿐만 아니라, 잎을 떨
구고 소멸의 시간으로 향하는 수렴의 성장 또한 기뻐하고
즐기세요.
꽃이 예쁘다고 계속 가지에 매달아 둘 수 없고 열매를 맺기
위해선 꽃이 반드시 떨어져야 하듯이, 내게 지금 존재하는
것들 또한 때가 되면 하나씩 자연스레 놓아주어야 함을 받
아들여야 합니다.

☆

삶에서 일어나는 그 어떠한 일에도 저항하거나 미련을 갖지 마세요.

봄, 여름, 가을, 겨울의 마땅한 변화 앞에 어느 한 계절을 붙잡고 집착하지 마세요.

지금 이 순간의 모든 것이 정확히 있어야 하는 그대로의 모습임을 알면 삶의 모든 변화를 기꺼이 받아들이고 환영할 수 있습니다.

☆

삶은 그 어느 것 하나 허투루 행하지 않습니다.

당신, 지금 고통 속에 있나요? 고통에 저항하고 몸부림치며 현실을 원망하고 있나요? 너무 절망하거나 두려워하지 않아도 됩니다. 당신은 결국 거기를 통과하게 되어있습니다.

누구나 삶을 살아가면서 크고 작은 상실을 겪게 됩니다. 그런 일을 겪을 때마다 우리는 자신의 한 부분이 떨어져 나가는 듯한 고통을 느끼게 되는데요, 그 이유는 상실한 그것과 자기를 동일시하기 때문입니다. 한계상황이라 불릴만한, 즉 소유물 전부를 잃거나, 자식과 배우자, 사회적 지위, 명성, 신체적 능력을 잃는 등 엄청나게 크고 비극적인 상실이 일어났을 때, 우리는 자신이라 생각했던 세계가 무너져 내리는 듯한 극심한 절망과 두려움에 휩

싸이게 됩니다.

하지만 진실은 이때야말로 에고가 동일시했던 여러 형상에서 자유로워져 자기 본모습을 깨달을 수 있는 가장 좋은 기회입니다. 물론 이런 고통을 겪으면서까지 굳이 깨닫고 싶지 않다는 생각이 들지도 모르지만, 결국은 자의로든 타의로든 우리는 삶에서 한 번쯤은 이런 상실을 겪게 되어있습니다.

삶에서 이런 큰 고통에 직면하게 될 때 우리에겐 두 가지 선택이 있습니다. 하나는 그 상황에 저항하며 세상을 원망하고 저주하면서 자신을 희생자로 만들어 고통을 계속해서 곱씹으며 살아가는 길이고, 다른 하나는 모든 것을 겸허히 받아들이고 그 고통 속을 묵묵히 통과해 삶이 주는 지혜와 선물을 받는 길입니다.

상투적인 말이지만 고통에는 반드시 숨겨진 축복이 있습니다. 또한 고통으로 인해서 우리는 자기가 갇힌 틀을 깨고 성장할 수 있으며, 더욱 깊어지고 낮은 자세로 신께 가까이 다가갈 수 있습니다. 하지만 고통이라는 어두운 터널 속에 있을 때는 그 어떠한 긍정적인 말이나 우아하고 아름다운 표현도 별 도움이 되지 않는 게 사실입니다.

대부분의 고통은 우리에게 가해지는 실제적인 것보다 자신의 해석으로 인해 부풀려지고 더 무겁게 포장이 되는 경우가 훨씬 많습니다. 실제로 고통에 맞닥뜨려 정면 돌파하면 자기가 생각했던 것보다 그리 대단한 어떤 것이 아님을 깨닫게 될 수도 있고, 어쩌면 그 고통 속에서 내가 전에는 미처 알 수 없었던 삶의 기적을 만나게 될 수도 있습니다.

가장 큰 문제는 고통에 저항하며 그 고통을 상상 속에서 계속 부풀리고 키워 내가 그 속에 매몰되는 것입니다. 고통이 거기 있음을 인정하고, 그것을 받아들이고, 내 삶의 일부로 껴안는다면, 고통이 가져다주는 선물을 받기 위한 시간을 훨씬 단축할 수 있습니다.

삶에서 일어나는 일은 다 이유와 존재의 목적을 가지고 내게로 오는 것입니다. 그것을 이해하고 내 삶에 오는 모든 것을 온전히 받아들일 때에야 우리는 삶의 기적을 볼 수 있습니다.

일어나야 하는 일들은 일어나기 마련이고…

고통과 번뇌가 일어나는 이유는 기대나 희망을 품기 때문입니다.

아무런 집착이나 기대 없이 '지금'을 바라보고 받아들일 수 있다면, 삶에서 그리 크게 절망할 일도, 큰일이라고 호들갑떨 일도 없음을 알게 됩니다.

모두 다 생각이 지어낸 이야기일 뿐입니다.

삶은 내가 바라보는 방식에 따라 펼쳐지게 되어있습니다.

지금 이대로의 현실을 사랑하세요.

무엇이 더 이루어졌으면 하는 나의 모든 기대와 바람을 내려놓고 지금을 온전히 받아들이세요.

일어나야 하는 일들은 일어나기 마련이고, 그 앞에서 내가 할 수 있는 유일한 것은 그대로 받아들이고 충분히 그것과 함께 있는 것입니다.

☆

도망치지도 말고 다른 감정으로 그것을 포장하지도 말고
그저 있는 그대로 바라보고 느끼세요.
모든 것은 내 안에서 일어나는 마음 작용임을 알 수 있습니
다.

☆

천사와 악마는 결코 홀로 존재할 수 없습니다.

당신 안의 어둠이 싫고 두렵나요? 자기 내면에 존재하는 악마를 외면하고 부정하고 싶나요? 마이너스가 있어 플러스가 생기고, 음극과 양극은 동시에 존재하듯이 어둠과 악마가 있기에 당신 안에 빛과 천사가 존재할 수 있습니다.

이 세상은 빛과 어둠, 선과 악, 앞과 뒤, 위와 아래, 길고 짧음, 이렇게 반대되는 것끼리 짝을 이루어 창조된 이원성의 세상입니다. 어둠이 없으면 빛을 인식할 수가 없고, 슬픔을 겪어보지 않으면 행복을 느낄 수 없으며, 배고픔의 결핍 없이는 배부름의 만족감을 결코 알 수도 경험할 수도 없는 것이 우리가 사는 세상입니다.

인간의 내면에도 빛과 어둠이 같이 존재할 수밖에 없습니다. 천사와 악마, 성자와 죄인, 거룩함과 저속함이 공존하고 있는 것이지요. 하지만 우리는 남에게 보이고 싶지 않은, 자신의 부끄러운 부분인 어둠을 부정하고 은밀하게 감추려고 기를 쓰고 노력합니다. 만일 타인을 통해서 자신의 숨기고 싶은 모습을 발견하면, 마치 내 안에는 그것이 없는 양 타인을 나에게서 분리해 비판하고 비난하기 일쑤입니다.

그러나 타인에게서 보는 것은 모두 자기 안에 있는 것입니다. 이 세상은 정확하게 나를 비추는 거울이기 때문에 내 안에 없는 것은 절대 볼 수도 알 수도 없기 때문입니다. 자신 안에 있는 어둠을 끌어안고 인정하지 않는다면 우리는 끊임없이 자기 본모습을 감추기 위해 타인과 세상으로부터 분리되어 외롭고 고독한 싸움을 할 수밖에 없습니다.

당신 안에 천사와 악마가 같이 있기에 당신이 완전할 수 있습니다. 선과 악이 같이 공존하고 성스러움과 천박함이 함께 있는 것이 자연스러운 것입니다.

당신의 모든 것을 그대로 인정하고 받아들이세요. 부정하고 떼어 내버리고 싶은 모난 부분마저 용서하고 껴안아 보세요. 자신에게서 티끌만큼이라도 부정하거나 내치는 것이 없도록 하세요. 당신의 그 어둠이 있기에 밝음이 드러날 수 있는 것이고, 어둠을 용서하고 받아들인다면 당신은 더 이상 자신을 심판하거나 감출 필요 없는 자유로운 존재가 될 것입니다.

모든 것은 인연법에 따라…

모든 것은 정확하게 한 치의 오차도 없이
인연법에 따라 이루어집니다.
다만 그 인연 고리를 보지 못하고
이해하지 못하는 것일 뿐이지요.
나와는 전혀 상관없이 보이는 타인과 세상 모두
완벽하게 내 마음의 반영입니다.
그 어느 한 부분을 따로 떼어낼 수도,
내 것이 아니라고 부정할 수도 없습니다.
삶은 이대로 통째로 '나'이기 때문입니다.
부정하고 싶고 밀쳐내고 싶은 그것이
가장 큰 축복임을 알아차리세요.
필요한 것은 오직 사랑뿐입니다.

☆

전부 다 내 한 생각입니다.

삶의 이야기들은 모두 생각이 지어내는 재잘거림이지요.

그저 알아차리고 바라볼 뿐

그 어떤 흥미도 주의도 주지 마세요.

그대로 나를 통해 흐르도록 허용하세요.

그저 놓아주고 또 놓아주다 보면

이 세상이 철저하게 내 인식의 착각임을 알게 됩니다.

아무것도 진실인 것이 없고

이대로 진실 아닌 것이 없습니다.

☆

삶에서 내게 필요하지 않은 순간은 단 한 순간도 없습니다.

당신, 지금 추락하고 있다고 느끼나요? 절망과 불안으로 단 한 발짝도 앞으로 나아갈 수가 없나요? 너무 두려워 말고 정면으로 통과하세요. 한걸음 한걸음 바로 앞에 놓인 '지금'만을 밟아가세요. 당신은 그 어떠한 순간에도 절대적으로 안전합니다.

살다 보면 한껏 위로 올라가는 시기도 있고 아래로 추락하는 시기도 있습니다. 우주는 에너지 파동으로 이루어져 있기에 올라갔다 내려가고, 붙었다 떨어지고, 차올랐다가 다시 비워지는 것은 너무나 당연한 이치입니다. 하지만 인간의 마음은 언제나 위로 오르려고만 하고 걸림 없이 앞으로 나아가기만을 원합니다. 내려가야 그 반동으로 더 높이 오를 수 있으며 뒤로 잡아당기는 힘이 있어야 더 멀리 날아갈 수 있다는 사실을 자기 삶에는 적용하고 싶어 하지 않습니다.

삶의 모든 순간은 그 자체로 꼭 있어야 하는 순간입니다. 내려가면 반드시 올라오는 순간이 있고, 비워지면 이내 곧 채워지기 마련이며, 어둠을 경험해야 빛을 알 수 있기에 그 어떤 순간이 더 낫다고 말할 수가 없습니다. 이것이 있어야 저것이 있을 수 있는 우리가 사는 이원성의 세상에서는 존재하는 모든 것이 그 자체로 꼭 있어야 하는 것입니다.

그러니 자신이 추락한다 여겨질 때, 끝이 보이지 않는 어둠 속에 있다 느껴질 땐, 그 상황에 저항하거나 분노하지 말고 삶의 흐름에 내맡기고 고요히 기다리는 것이 좋습니다. 삶을 조종하고 통제하고자 하는 애씀과 노력을 내려놓고 내 의지가 아닌 더 큰 지혜에 내맡기는 겁니다.

내가 행한다는 생각 없이 모든 일들이 일어나도록 허용하세요. 그러면 개인적인 욕심으로 상황을 끌고 가려던 에고가 물러나면서 '신' 또는 더 '큰 자아'가 작동하게 되어 완벽한 조화와 질서에 의해 일이 이루어지게 됩니다.

실은 큰 그림에서 보자면 아래로 내려가는 것과 위로 올라가는 것은 하나 다르지 않습니다. 오직 우리의 생각만이 좋고 나쁨을 만들 뿐입니다. 내가 '좋다' '싫다' 분별하지만 않는다면, 지금 이 순간은 아무 문제 없는 이대로입니다.

삶에서 내게 필요하지 않은 순간은 단 한 순간도 없습니다.

삶이 무엇을 던져주든…

안전띠를 맨 채로 롤러코스터를 타면서도 떨어질 것을 두려워하는 것처럼, 우리는 삶이 조금만 요동을 쳐도 금방이라도 어떻게 될 것처럼 불안과 공포에 갇혀버립니다.

하지만 현실이 아무리 큰 파도를 탄다고 해도, 우리는 그 어떠한 경우에도 다치거나 훼손될 수가 없습니다.

본래 이 세상은 절대적으로 안전하기 때문입니다.

모든 공포와 두려움은 마음이 지어내는 것입니다.

그러니 삶이 무엇을 던져주든 정면으로 통과하세요.

억겁의 시간처럼 느껴지는 고통의 순간도 결국은 끝이 있음을 알고 용감하게 한 발 한 발 나아가세요.

그 어떤 순간도 놓치거나 도망가지 않고 두 눈 똑바로 뜨고 깨어서 온전히 겪어내면, 삶이 나를 위해 준비한 선물을 만나게 됩니다.

☆

생각과 감정은 내가 아닙니다.

'고통'이란 과연 무엇인지, 그것은 왜 일어나는지 자세히 들여다본 적이 있나요? 그 상황에 대해서 혹은 그 타인에게 왜 이런 부정적인 감정과 괴로움을 느끼는지 제삼자의 눈으로 바라본 적이 있나요?

대부분의 감정적인 고통은 일어난 상황을 있는 그대로 받아들이지 못하고 분별하고 저항하기 때문에 일어납니다. 자신의 기대에 어긋나거나 과거에 고통을 주었던 기억과 비슷한 상황을 만났을 때, 우리는 먼저 그것을 부정하고 저항하는 감정을 일으키게 됩니다. 그렇게 한 번 일어난 부정적인 감정은 자기 안에 잠자고 있던 과거의 고통스러운 감정을 깨워 '지금'으로 불러들이고, 순간 깨어있지 못하고 그 감정과 하나가 되어버리면 우리는 돌이면 돌릴수록 커져 버리는 고통의 수레바퀴에 갇히게 됩니다.

그럼 어떻게 하면 그 감정의 수레바퀴에서 나올 수 있을까요? 그것들이 내 무의식의 프로그램임을 알아차리면 됩니다. 우리 무의식은 과거의 사건들로 인해 형성된 감정과 사회와 타인이 심어준 관념들로 프로그램되어 있습니다. 어떤 상황을 마주했을 때 무의식의 프로그램대로 자동으로 반응하고 해석해서 감정을 일으키게 되는 것입니다. 그런데 그 자동 반응이라는 것이 생존을 위해 자신을 방어하고 타인을 공격하는 것이 대부분이고, 그것은 우리를 더욱더 위축되고 쪼그라들게 만듭니다.

이것을 알아차려야 합니다. 내게 일어나는 생각과 감정이 무의식의 프로그램임에 불과함을 알아차리고, 주어진 상황에 대해서 전혀 다르게 해석하고 반응할 수 있다는 것을 깨달아야 합니다.

어떤 상황에 대한 해석과 반응이 이러해야 한다고 정해진 것은 없습니다. 누가 길을 가다가 내게 인상 쓰고 욕을 한다고 해서 나도 같이 화내고 기분 나빠 해야 할 필요는 없으며, 어떤 것을 떠나보내야 하는 상황이 왔을 때 상실감을 느끼고 슬퍼해야만 한다는 법칙 같은 것은 없습니다. 모두 무의식에 새겨진 프로그램일 뿐입니다.

부정적인 생각이나 감정이 올라오면 그것과 하나가 되어 그 속에 빠져서 허우적거리는 대신에 한 발짝 물러나서 '아! 지금 내 안에서 이런 생각과 감정이 올라오고 있구나.' 그렇게 독립된 에너지로 바라보세요. 그렇게 생각과 감정을 나와 분리해 바라볼 수 있다면 그것에 휩쓸리지 않고 그것들이 일어났다가 이내 사라지는 것을 볼 수가 있습니다. 생각과 감정은 나의 관심과 에너지를 먹고 자라기 때문입니다.

생각과 감정은 내가 아닙니다. 그냥 왔다가 사라지는 바람과도 같습니다. 내게 일어나는 생각과 감정이 생겼다 사라지는 허상임을 깨닫는다면 삶에서 나타나는 모든 고통 또한 내가 만들어 내는 것임을 알 수가 있습니다.

오직 한 생각만이 일어났다 사라질 뿐…

모든 이들은 자기 무의식의 프로그램대로 살 뿐입니다.

거기에 대한 나의 판단 분별 또한 내 안의 프로그램입니다.

옳고 그름도 없고 진실도 아닌 그저 생각일 뿐입니다.

타인과 세상에 대한 모든 생각과 분별을 놓아주세요.

그것들이 허망한 망상에 불과함을 알아차리고

그 안에서 나오세요.

자기 생각이 지어낸 이야기에 갇히지 않아야 합니다.

이 세상에서 내가 집착하고 붙잡을 것은 하나 없고

내가 사로잡혀 휘둘릴 만한 것도 없습니다.

오직 한 생각만이 일어났다 사라질 뿐이고

아무런 이야기가 없는 지금, 이 순간만이 진실일 뿐입니다.

집착하지 않으면 두려울 게 없고

'나'라는 생각이 없으면 삶에서 걸릴 것이 하나 없습니다.

☆

삶의 무게는 전부 생각의 무게일 뿐입니다.

눈 앞에 펼쳐진 현실이 심각하고 절망스럽나요? 미래에 대한 불안과 두려움에 삶이 무겁고 버거운가요? 만일 그렇다면 그것은 자신이 맡은 배역에 당신이 너무나 몰입해 있다는 뜻입니다.

당신은 지금 '나'라는 캐릭터를 연기하는 중입니다. 이미 정해진 삶의 시나리오를 따라 자기 안에 장착된 무의식의 프로그램대로 생각하고 말하고 행동하고 있습니다. 물론 당신은 무슨 말도 안 되는 소리를 하냐고 강하게 부정할지도 모르지만 당신의 그 부정은 그만큼 당신이 맡은 배역과 자신을 동일시하고 있다는 것을 말해줍니다.

우리는 매 순간 자기 자신을 연기하고 있습니다. 세상에 나올 때 받은 몸으로 그 몸에 맡겨진 역할을 수행하면서 삶의 여행을 하고 있는 것입니다. 진정한 당신은 이 세상에서의 물리적인 육신도 아니요, 그 몸에 딸린 여러 역할이나 수식어들도 아닙니다. 진짜 당신은 보이고 만져지는 국한된 물질세계 너머의 전체입니다.

하지만 물리적인 몸과 역할에 너무나 동일시된 당신에게, 현실은 한 발만 헛디뎌도 나락으로 떨어져 버릴 것만 같은 거대한 실체가 되어 엄청난 무게로 당신을 짓누르게 됩니다. 이것은 모두 당신의 착각이고 망상입니다. 삶은 그 자체로 아무런 무게도 색깔도 지니고 있지 않으며, 실재라고 굳게 믿고 있는 이 현실도 모두 다 당신의 생각이 만들어 낸 허상입니다.

이 사실을 깨닫기 위해서는 자신이 속한 현실에서 한 발 떨어져 나와, '나'를 '제삼자'로 바라보는 연습을 해야 합니다. 자신이라고 동일시했던 몸이나 이름, 직업, 소유물, 인간관계 그 모든 것에서 '나'를 분리해 바라볼 수 있는 공간을 확보해야 합니다. 그러면 세상을 바라보고 느끼는 관점이 확 바뀌면서 삶에서 그리 심각하거나 대단한 일은 없음을 알게 되고, 절망스럽고 힘든 상황도 삶이라는 여행 중에 일어날 수 있는 에피소드로 바라볼 수 있게 됩니다.

현실이라는 무대에서 빠져나와 '나'라는 캐릭터에서 한 발 떨어져 객석에서의 관객의 눈으로 바라보면, 삶은 유머와 감동으로 가득한 한 편의 영화가 됩니다. 그 속에서 살되 자신 안의 평온한 마음자리에서 현실을 즐길 수 있게 되는 것입니다.

삶 속에서 딱 한 발짝만 나와보세요. 내가 '나'라고 생각하는 것들에서 살짝만 떨어져서 바라보세요. 나를 무겁게 짓누르고 힘들게 만들던 삶의 무게가 전부 다 내 생각이었음을 알게 됩니다.

삶에서 힘을 살짝만 빼면…

삶은 가까이서 보면 정극이지만
멀리 떨어져서 바라보면 시트콤입니다.
그토록 심각하고 중요하고 대단한 것처럼 여겨지던 것들이
그 속에서 떨어져 나와 관객의 눈으로 바라보면
그저 하나의 연극일 뿐입니다.
삶에서 일어나는 모든 사건은 그 자체로 그냥 일어난 일일
뿐이고 거기에 의미를 부여하는 것은 온전히 내 몫입니다.
심각성과 중요성을 잔뜩 부여하면
내가 그 상황의 무게에 짓눌리게 됩니다.
본래 삶에서 그리 중요하거나 큰일 따위는 없습니다.
다 일어날 수 있는 일들이고 바라보는 관점에 따라
얼마든지 비극이 될 수도, 희극이 될 수도 있습니다.

☆

상황과 자신을 너무 동일시해버리면
우리는 그 상황을 제대로 바라볼 수가 없습니다.
현실과 그 안에 있는 자신을 바라볼 수 있는 공간이 중요한
이유입니다.
삶을 희극으로 만드는 방법은 간단합니다.
알아차림과 바라봄, 그리고 미소만 있으면 됩니다.
지금 일어나는 상황을 알아차리고 그 안에서 자기 역할을
연기해 내는 나를 바라보며 씩 웃어주세요.
금방이라도 터질 듯 빵빵한 풍선에 살그머니 바람을 빼듯
삶에 잔뜩 불어넣은 힘을 살짝만 빼면
세상이 말랑말랑 유연해집니다.

☆

3부

내 바깥의 타인과 세상

내 바깥에 따로 존재하는 전지전능한 신이란 없습니다.

당신에게 있어서 '신'은 어떤 존재인가요?
당신은 '신'을 무엇이라고 생각하나요?

대부분의 사람이 생각하는 '신'이란 내 바깥에 있는 전지전능한 능력을 지닌, 보이지 않는 어떤 큰 존재를 말합니다. 또한 착한 일을 하면 상을 주고 나쁜 일을 하면 벌을 주는 그런 심판자의 존재로 생각하기도 합니다.

하지만 과연 옳고 그름을 나누며 선과 악을 심판하여 자기 뜻을 따르는 자에게는 복을 주고 그렇지 못한 이에게는 벌을 주는 그런 존재가 신일까요? 이 세상을 창조해 놓고는 저 위 어딘가에서 인간들이 잘하는지, 못하는지를 지켜보는 그런 존재가 신일까요?

우리가 신을 자신과 분리된 내 바깥의 어떤 존재로 여기는 이유는 자기 안의 신성을 알지 못하고 자신을 제한된 육체로 국한하기 때문입니다. 물리적인 육체를 자신이라고 여기는 인간은 몸이 지닌 한계로 인해서 한없는 무력감을 느끼게 되고, 그로 인해 나보다 더 큰 전지전능한 신이라는 존재를 만들어 내게 됩니다.

여기에서 선과 악이 나오게 되고 심판이 등장하게 되는데요, 과연 선은 신이고 악은 신이 아닌 걸까요? 신이 이 세상을 창조했다면 선뿐만 아니라 악도 신의 창조물일 텐데 악을 신의 것이 아니라고 부정할 수 있을까요?

이것은 이원성의 세상에서 살고 있는 인간의 착각이고 오류입니다. 신과 분리되었다는 것도 우리의 착각이고 이 세상이 선과 악으로 나뉜다는 것도 인간의 생각이 만들어 낸 이야기에 불과합니다.

이 세상은 통째로 신입니다. 세상 만물은 그 자체로 신이고 거기에 인간도 포함되어 있습니다. 세상에 존재하는 것 중 신이 아닌 것은 없고 신의 힘이 작동하지 않는 것은 없습니다. 그러므로 신이 아니라고 느껴지는 것이 있다면 그것은 인간의 마음이 지어낸 분별일 뿐입니다. 본래 이대로 하나인 세상을 위와 아래로 나누고 이쪽과 저쪽으로 구분하며 선과 악을 만들어 낸 우리의 분별인 것이지요.

만일 당신 안에 불안과 두려움이 있다면 그것은 생각이 만들어 낸 허상이고 착각임을 알아차리세요. 세상이 불완전해 보이고 눈앞의 현실이 결핍되게 느껴진다면 그 또한 자신의 분별이 지어낸 이야기임을 기억하세요. 신과 분리된 생각과 감정을 알아차리고 바라보다 보면 신과 세상과 나 사이에는 아무런 공간이 없음을 알게 됩니다.

모든 존재의 호흡에서 신의 숨결을 느껴보세요. 신은 세상 만물을 통해 호흡하고 나투고 있습니다. 내가 행하는 게 아니라 신이 나를 통해 행하고, 내가 숨 쉬는 게 아니라 신이 나를 통해 호흡하고 있습니다.

경계란 착각일 뿐…

모든 말과 행동은 신께 드리는 기도입니다.

나로부터 나오는 생각과 말과 행동은 그 어떤 것도 사라지거나 흩어지지 않고 곧 그대로 나의 세상을 창조해 내고 있습니다.

그러므로 절대로 무의식적으로 내뱉거나 행동하지 않아야 합니다.

사소한 아주 작은 생각 하나도 결코 가볍지 않습니다.

그 생각 하나하나마다 우주가 탄생하고 소멸하기 때문입니다.

☆

나와 분리되어 있다고 느껴지는 세상과 나 사이에는 아무런 공간이 없습니다.

보이는 것과 보는 것이 하나이고, 경험과 경험하는 자가 하나입니다.

'나'라고 경계 짓는 모든 것을 허무세요.

'나'라고 정의할 것이 하나도 없습니다.

내가 '나'라고 생각하고 동일시하는 것은 모두 내 생각이 지어낸 경계일 뿐입니다.

실제론 아무 경계가 없습니다.

그것을 경계 짓는 인식만이 있을 뿐입니다.

☆

초라하고 나약한 당신을 구원해 줄 그 누군가는 없습니다.

우리는 왜 타인과 사랑에 빠지는 것일까요? 나를 구원해 줄 누군가를 끊임없이 찾아 헤매는 이유는 무엇일까요? 그것은 마음이 만들어 낸 자신에 대한 불완전한 이미지에 당신이 동화되어 있기 때문입니다.

에고가 만들어 내는 당신의 자아는 어딘가 늘 부족하고 완전하지 않으며 상처받기도 쉽고 무력합니다. 그래서 당신의 에고는 이러한 자기 결핍감을 채우기 위해 외부 세계에서 그것을 메꿀만한 것들을 추구합니다. 사회적 지위, 근사한 외모, 지식, 인기, 소유물…, 이런 것들이 모두 에고가 좋는 자아의 대체물들인데요, 여기에 사람과의 관계도 들어갑니다. 내가 얼마나 대단한 사람을 알고 있고 근사한 사람과 사귀느냐에 따라 자기 자아 이미지가

멋있어지고 가치가 오른다고 착각을 하기 때문입니다.

하지만 이렇게 자기 이미지를 '나 아닌 것들'로 치렁치렁 매달아 아무리 화려하게 치장해도, 그것이 진정한 자신이 될 수 없다는 것을 우리는 이미 알고 있습니다. 그래서 그 어떤 것을 이루고 성취하고 가진다 해도 일시적인 만족감만 있을 뿐, 그 이후에 더 깊은 갈증과 허기만 남게 됩니다. 대부분의 연인관계도 이와 다를 바가 없습니다.

사랑에 빠진 사람은 상대의 있는 그대로의 본 모습을 사랑하는 것이 아닙니다. 결핍투성이에 나약하고 초라한 자신을 구원해 줄 구세주의 모습을 상대방에게 몽땅 투사해 낸 그 이미지를 사랑하는 것입니다. 그러다가 자신이 투사하고 기대한 모습에서 상대방이 어긋나는 순간 당신은 엄청난 배신감과 고통에 빠집니다. 그것은 상대가 당신을 배신하고 고통스럽게 만든 것이 아니라 당신이 스스로 지어낸 환영에 빠졌다가 깨어나는 것일 뿐입니다.

이렇듯 외부의 무엇엔가 의존해서 자신의 결핍과 고통에

서 벗어나려는 시도는 언제나 실패하게 되어있습니다. 그러면 어떻게 해야 이 어리석은 패턴의 고리에서 벗어날 수 있을까요?

나를 진정으로 구원할 수 있는 것은 내 바깥에 있는 것이 아니라 자기 안에 있음을 알아야 합니다. 아니 애초에 나는 그 무엇으로부터도 구원받을 필요가 없는 완벽하고 온전한 존재임을 깨닫는 데 있습니다.

끊임없이 판단하고 분별하는 마음과 동일시된 우리는 세상과 타인뿐만 아니라 자신에 대해서도 엄청난 착각을 하고 있습니다. 이야기가 있어야만 존재할 수 있는 마음은 늘 갈등과 고통을 필요로 하고 지금 이대로의 아무 문제 없는 현실을 견디지 못합니다. 그래서 마음은 계속해서 우리에게 문제가 있다고 속삭이며 그 꾀임에 빠져버린 우리는 그대로의 현실을 보지 못하고 결핍과 고통을 만들어 내게 되는 것입니다.

우선 판단을 중지하는 연습을 해보세요. 좋다, 싫다, 옳다, 그르다 분별하지 말고 있는 그대로를 바라보고 받아들이는 연습을 해보세요. 자신에 대해서뿐만 아니라 타인에 대해서도 이렇다 저렇다 비판하거나 평가하지 말고 그 모습 그대로를 인정하고 받아들이세요.

그렇게 판단 분별하지 않고 나와 세상과 타인을 바라보면 지금 이대로 아무런 문제가 없음을 알게 됩니다.

내가 결정한 내 모습이…

'타인이 나를 어떻게 보고 느끼느냐'가 중요한 게 아니라,
내가 '나 자신을 어떤 존재로 경험하느냐'가 전부입니다.
그 외의 것은 하나도 중요하지 않습니다.
나는 세상과 타인에 의해 정의되고 존재 가치를 인정받는
것이 아니라, 스스로 '나'를 정의하고 그것으로 존재하기 때
문입니다.
내가 결정한 내 모습이 곧 '나'입니다.

☆

세상의 모든 존재는 그들 자신으로 존재할 자유가 있습니다.

당신은 자유로운 삶을 살고 있나요? 당신이 생각하는 진정한 자유는 무엇인가요? 대부분의 사람이 생각하는 자유는 가고 싶은 곳이면 어디든지 갈 수 있고, 하고 싶은 것, 사고 싶은 것, 먹고 싶은 것, 이런 것들을 그 어디에도 구속받지 않고 누릴 수 있는 육체적, 시간적, 경제적인 자유를 말합니다.

하지만 진정한 자유는 자신의 욕망과 감정으로부터의 자유입니다. 돈과 시간이 많아서 하고 싶은 것, 사고 싶은 것, 가고 싶은 곳, 이 모든 것을 다 즐길 수 있다 하더라도 자유롭고 행복해지기는커녕 더 심한 결핍감과 갈증에 시달리게 된다는 것을 우리는 이미 알고 있습니다. 욕망이라는 것은 결코 만족을 모르기 때문입니다. 마시면

마실수록 갈증만 더해지는 바닷물처럼 한 번 충족이 된 욕망은 더 큰 욕망을 불러오고 우리를 그것의 노예로 만들어 버립니다.

진정한 자유란 그 어떤 욕망이나 감정이 올라오더라도 거기에 휘둘리지 않고 알아차리고 바라볼 수 있는 것입니다. 거기서 더 나아가 내가 온전히 자유롭기 위해서는 타인을 포함한 세상의 모든 존재에게 자유를 허락해야 합니다.

우리는 타인을 잘났다 못났다 옳다 그르다 판단 분별하며 그들이 내 뜻을 따르기를 기대하고 요구합니다. 하지만 이것은 타인이 그들 자신으로 존재할 수 있는 자유를 빼앗는 것이 되고 아이러니하게도 이로 인해 나의 자유 또한 제한당하게 됩니다. 타인을 판단 분별하는 잣대가 자신에게도 적용이 되기 때문입니다.

세상의 모든 존재는 그들 자신으로 존재할 자유가 있습니다. 또한 모든 이들은 매 순간 자기 수준에서 할 수 있는 최선의 행동을 하고 있습니다. 거기에 나의 편협한 잣대로 타인을 판단하거나 내 생각을 강요하는 것은 엄청난 오만이자 착각입니다.

자신의 기준과 잣대를 내려놓고, 내가 맞다는 생각도 내려놓고, 내 앞의 그 사람을 그대로 인정하고 받아들이세요. 모든 이는 그 보이는 모습이 어떻든 간에 자신의 본모습 그대로 존재할 자유가 있음을 인정하고 받아들일 때에야 나 또한 온전한 자유를 얻게 됩니다.

온전한 자유란…

타인의 말과 행동을 나는 어떤 렌즈로 바라보고 있나 살펴
보세요.

자신이 갇힌 세계의 틀을 볼 수 있을 것입니다.

내가 손아귀에 넣고 통제하고자 하는 것은 과연 무엇인지
도 바라보세요.

그것에 의해 나 또한 그 안에 갇힘을 알게 됩니다.

내가 온전하게 자유로워지기 위해서는 모든 존재가 각자의
모습으로 존재하도록 자유를 주어야 합니다.

내 바깥세상의 어느 한 귀퉁이라도 붙잡고 있다면 나는 온
전하게 자유로울 수 없습니다.

모든 것을 있는 그대로 허용하고 받아들이세요.

타인에게서 나오는 그 어떠한 말과 행동에도 내 생각을 티
끌만큼도 더하거나 붙잡지 않아야 합니다.

☆

내가 내 세상에서 옳고 진실인 만큼
그의 세상에서는 그가 절대적으로 옳고 진실입니다.

☆

타인의 비판이 고통스러운 이유는 당신이 그 말에 동의하기 때문입니다.

우리는 왜 칭찬을 받으면 기뻐하고 비난을 받으면 화가 나는 걸까요? 엄밀히 따지면 상대방은 그냥 말을 했을 뿐이고 그것 자체는 우리에게 어떤 물리적인 이익이나 손해도 주지 않는데 어째서 그 소리의 파동에 기뻤다 화가 났다 하는 걸까요?

그 이유는 당신이 그 소리의 파동에 이야기를 입히고 의미를 부여했기 때문입니다.

만일 어떤 사람이 당신에게 '오늘따라 얼굴이 좋아 보여요.'라는 말을 했다면 그 말을 듣고 당신은 '내가 살이 쪘다는 말인가'로 생각해 기분 나빠할 수도 있고, 오히려 말라서 고민이던 사람은 기분 좋아할 수도 있습니다. 이

렇듯 똑같은 말도 사람에 따라서 전혀 다른 해석과 의미
를 지니게 됩니다.

그럼, 그 누가 봐도 비난의 말일 경우에는 어떨까요? 누
가 '당신은 뚱뚱하고 못생겼어'라고 말을 한다면 그 순간
당신에게 일어나는 반응은 아마 두 가지 중 하나일 것입
니다. 자신이 날씬하고 잘 생겼다고 생각하는 당신은 이
말을 상대방의 농담으로 여겨 아무렇지도 않게 웃어넘기
거나, 자신이 정말로 뚱뚱하고 못생겼다고 생각하는 당
신은 그 말에 상처 입고 분노하고 화를 낼 것입니다. 아
마 거기서 더 나아가 상대방에게서도 그것에 대등한 흠
집을 찾아내고, 그와 관련된 이런저런 시나리오를 머릿
속에서 그려내며 드라마를 찍어 낼 것입니다. 이것이 모
두 자신을 방어하고 지키고자 하는 에고가 하는 일인데
요, 자세히 살펴보면 진실이나 객관성이라고는 눈곱만큼
도 없는 전부 유치하고 허망한 짓에 불과합니다.

에고는 지극히 이기적이고 자기중심적이고 방어적 성향
을 지닙니다. 모든 것을 '나'와 '나 아닌 것'으로 나누어
자신이 조금이라도 공격받는다고 생각되면 언제든지 전
투태세를 갖추어 모종의 적을 만들어 내 싸우기 일쑤입

니다. 우스운 것은 이것들이 전부 실체가 없는 허상이라는 것입니다. 그냥 자신이 만들어 낸 이야기 속에서 혼자서 원맨쇼를 하는 것이죠.

만일 우리가 타인의 말을 붙잡고 집착하지 않는다면 그것은 우리에게 아무런 영향도 미치지 못합니다. 하지만 상대방이 한 말에 대해서 내가 조금이라도 동의하는 부분이 있다면 그때는 그 말이 살아서 내 안으로 들어오게 됩니다. 내가 동의하거나 허락하지 않은 것은 그 어떠한 것도 내 안으로 들어올 수가 없습니다. 내가 고통을 받는 원인은 그 사람이 나에게 한 말 때문이 아니라 그 말을 믿고 있는 자기 생각임을 알아차려야 합니다.

우리는 감정의 원인이 자기 생각이라는 것을 인정하기가 싫어서 타인과 상황 탓으로 책임을 전가하고 자신을 연약하고 무력한 희생자로 만들어 버립니다. 타인의 말에 기뻤다 화가 났다 하는 것은 순전히 그것을 붙잡고 이런저런 이야기를 만들어 내고 의미를 부여하는 자신의 책임이지 타인의 책임이 아닌 것입니다. 무엇이든 남 탓으로 돌리고 싶어 하는 에고 입장에서는 말도 안 되고 억울하게 들릴 수도 있지만, 삶에서 일어나는 모든 일은 백

퍼센트 자기 책임입니다. 그 어떤 것도 상황 탓, 타인 탓을 할 것이 없습니다.

만일 당신이 무엇 때문에 고통스럽고 힘들다면 자세히 들여다보세요. 그 고통의 원인이 과연 그것 때문인지, 아니면 그것을 붙잡고 이런저런 이야기를 만들어 내는 나의 집착 때문인지, 최대한 자신에게 떨어져서 바라보세요. 나에게서 일어나는 모든 일은 온전히 나로 인한 것임을 알 수 있을 것입니다.

내 눈에는 오직 '나'만 보일 뿐…

세상과 타인은 정확히 내 안의 반영이므로
내가 커진 만큼 세상도 커지고
내가 깨어난 만큼 타인도 깨어난 존재로 비칠 것입니다.
내가 보는 세상이 좁고 답답하고 어둡다면
그건 세상의 문제가 아니라 내 안의 문제이고
내 앞의 타인이 어리석음에 빠져 헤매는 것처럼 보인다면
내 존재 상태가 딱 그 정도임을 알 수 있습니다.
부처 눈에는 부처만 보이고
돼지 눈에는 돼지만 보이니
내 눈에는 오직 '나'만 보일 뿐입니다.
내 밖의 세상을 탓할 것이 하나 없고
내 앞의 타인을 비난할 것이 하나 없는 이유입니다.
내가 깨어나면 내 세상의 모든 이들이 깨어납니다.

☆

당신을 가장 힘들게 하는 그 사람이 당신 삶의 붓다입니다.

도저히 견딜 수 없는 사람, 누구나 한 명쯤은 있죠? 그 사람을 한 번 머릿속에 떠올려 보세요. 누가 떠오르나요? 그 사람의 무엇이 그토록 당신을 견딜 수 없게 만드나요?

우리는 타인에 대해 일어나는 감정을 자세히 들여다보고 알아차리는 대신에 그 불편한 감정과 타인을 하나로 묶어서 나에게서 분리해 멀리 떼어놓고 싶어 합니다. 마치 나와는 별개인 양, 이 감정에 대한 원인은 그에게 있으며 그 사람만 내 삶에서 없어진다면 나는 다시 평화를 찾을 수 있을 거라는 착각을 합니다. 하지만 그거 아세요?

당신이 꼬집고 싶고, 비난하고 싶고, 밀쳐내고 싶은 타인의 모습은 당신을 정확히 비추는 거울입니다. 삶에서 없어져 버렸으면 하는 그 사람이 사라진다 해도 그가 투사해 낸 당신의 모습은 사라지지 않고 계속 다른 거울로 당신을 비추어 낼 것입니다. 그때는 더 날카로운 강도로 적나라하게 당신을 보여줍니다.

별로 동의가 안 되나요? 나는 저 인간과 다르다고 주장하고 싶나요? 하지만 우리가 어떤 이에 대해 '저런 사람이구나.' 판단을 내리는 순간 그 사람의 모습은 언제나 내 것이 됩니다. 타인을 향한 판단 분별과 그로 인해 일어나는 감정은 결국은 모두 내 안의 마음 작용이고 자기 수준을 정확히 비추는 거울이 되기 때문입니다. 이것이 타인을 탓하거나 비난하는 대신에 오직 내 안을 바라봐야 하는 이유입니다.

우리는 어떤 상황이나 타인을 있는 그대로 볼 수가 없습니다. 그것을 인식하는 순간, 자기 안에 있는 생각의 재료로 해석하고 받아들이기 때문입니다. 우리는 자신 안에 없는 것은 결코 인식할 수 없으므로 내 삶의 모든 타인은 전부 다 내 생각이 지어낸 모습일 뿐입니다.

나에게 어떤 모습으로 비추어지든 간에 내 삶에 등장했다는 이유만으로도 이미 그 사람은 나를 위한 천사임이 분명합니다. 그로 인해서 마주하고 싶지 않은 내 안의 감정을 직면할 수 있으며 타인의 것이지 절대 나는 아니라고 부정하며 저 구석으로 처박아 놓은 내 모습을 인정하고 포용할 수 있는 기회를 주기 때문입니다.

당신을 정말 힘들게 하는 그 사람을 무조건 밀쳐내고 피하려 도망가지 말고 그대로 인정하고 허용해 보세요. 그가 내 삶에 나타난 이유가 반드시 있을 것입니다.

타인은 내 모습의 조각들…

늘 자신과 함께 일어나고 씻고 밥 먹고 움직이면서도 정작
내가 누구인지 어떤 사람인지 알기는 힘든 법입니다.
'나'라고 알고 있는 이미지에 스스로 갇혀서
그 모습만을 전부로 알고 살아가는 것이지요.
가족은 내가 저 구석으로 처박아 놓은 나의 모습을
정확히 비추어 주는 거울입니다.
타인의 것이지 절대 나는 아니라고 부정하고 싶은
내 모습을 마주하고 인정할 때까지 반복해서 보여줍니다.
보기 싫다고 어디로 도망갈 수도 없습니다.
그것이 더 단단한 껍질을 지녀 날 숨 조이게 만들기 전에
결국은 인정하고 받아들일 수밖에 없습니다.

☆

좀 더 유연해지세요.

저항하고 방어하는 대신에 한 번 웃어주고 수용하고

그대로 놓아주세요.

타인의 행동이나 말꼬리를 붙잡지 말고,

그대로 나를 통과해 지나가도록 허용하세요.

그렇게 내 안에 갇힌 나의 모습들을 하나씩 풀어주면

그 어떤 것도 내게 와서 부딪치지 않게 됩니다.

☆

당신에게는 타인을 비판하고 판단할 권리가 없습니다.

당신에게 타인이란 어떤 존재인가요? '타인은 지옥이다.'
라는 말처럼 짜증스럽고 내 존재를 위협하는 멀리하고
싶은 대상인가요, 아니면 사랑과 감사를 느끼게 되는 정
겹고 친밀한 존재인가요?

아마 당신은 '그야 사람에 따라 다 다르지요.'라고 말을
할 수도 있겠지만, 당신 삶에 나타난 모든 타인은 전부
하나입니다. 만일 당신이 99명의 타인에게 사랑의 마음
으로 친절을 베풀었다 하더라도 나머지 단 한 명에게 분
노와 증오의 마음을 품는다면 그 순간, 당신은 자신을
포함한 모든 타인에게 분노하고 증오하는 것과 같습니다.
당신 삶에 나타난 모든 타인과 당신은 결코 별개가 아니
기 때문입니다.

물론 당신은 내 몸과 저 사람의 몸은 엄연히 분리되어 있고 외모나 성격, 능력, 생활환경, 이 모든 것이 다 다른데 무슨 소리냐고 반박하겠지만 그건 형상의 차원에서 우리가 인식하는 세상이고 본질의 차원에서는 우리는 모두 하나입니다.

경계 짓고 구분하기 좋아하는 물질세계의 사고방식에 익숙해진 우리 인식으로는 이것을 이해하고 받아들이기는 힘든 것이 사실입니다. 하지만 조금만 생각해 보면 쉽게 알 수 있는 사실은 내가 타인에 대하여 갖는 마음 태도가 곧 '나'와 '나의 현실'이 된다는 것입니다.

만일 지금 당신이 누군가를 심하게 미워하고 증오하고 있다면 그 순간, 당신은 그대로 지옥 속에 있게 될 것입니다. 반대로 그 무엇인가에 대해 사랑과 감사의 마음을 내게 된다면 당신의 세상은 이미 천국인 것입니다.

세상은 내가 마음을 열고 품어내는 딱 그만큼입니다. 타인을 '나'로부터 분리하기 위해 들이대는 판단과 분별의 잣대는 결국은 자신을 가두는 감옥이 되고, 그 감옥에 갇히게 되면 나의 세상은 어느 누구도 품어낼 수 없을 정도로 한없이 작게 쪼그라들고 고립되기 마련입니다.

세상과 타인에 대한 방어막과 관념의 틀을 이젠 그만 놓아주세요. 내가 옳다는 생각, 저 사람은 이래야 한다는 나의 오만에 살짝 미소 지어 주세요. 모든 이들은 매 순간 자기 수준에서 할 수 있는 최선의 행동을 하고 있음을 인정하고 타인을 있는 그대로 바라보고 허용하세요. 당신에게는 타인을 비판하고 판단할 권리가 없습니다.

모든 것은 철저하게 자신의 문제입니다. 당신의 외부 상황과 타인이 어떤지는 전혀 상관이 없습니다. 다만 중요한 것은 '지금 당신이 어떤 존재 상태에 있느냐' 그것뿐입니다.

당신의 삶을 지옥으로 만드느냐, 천국으로 만드느냐는 그 어떤 타인이나 상황이 아니라 오직 당신에게 달린 일입니다.

내가 틀릴 수도 있음을…

모든 이들은 각자의 세계에서 저마다의 진실대로 살아가고
있습니다.
그들에게 나의 진실을 강요하지 않아야 합니다.
내가 틀릴 수도 있음을 인정하고 항상 나의 오만과 편견을
경계하세요.
진실이 무엇인지 당신은 결코 알 수 없습니다.
나와 다르다고 그들이 틀린 것이 아니고, 무엇이 옳고 그른
지, 좋고 나쁜지 우리는 결코 알 수 없습니다.
세상의 모든 존재는 자기 모습대로 존재할 권리가 있습니
다.

☆

삶의 모든 드라마와 갈등은 에고가 지어내는 이야기입니다.

당신은 평화와 전쟁 중 어느 것을 원하나요? 그야 당연히 평화를 원한다고 말하겠지만 자세히 살펴보면 우리는 문제와 갈등으로 가득한 에고의 드라마에 중독되어 있습니다.

이야기를 좋아하는 에고는 삶에서 끊임없이 문제를 만들어 내고 갈등 구조를 일으킵니다. 드라마와 이야기는 문제와 갈등이 없으면 재미가 없기 때문입니다. 수많은 문제와 고민을 끙끙거리며 껴안고 여기서 벗어나고 싶다고 징징대면서도 장난감을 놓지 못하는 어린아이처럼 집착하며 은근히 즐기기까지 합니다.

솔직히 에고는 심심하고 평화로운 상태를 견디지 못합니

다. 아무 일 없는 순간에도 머릿속에서 끊임없이 재잘거림을 만들어 내고, 한 생각을 붙잡고 이런저런 이야기들을 만들었다가 부수었다가를 반복합니다.

그러다가 누군가가 무의식의 빨간 버튼을 누르면, 이때다 싶은 에고는 재빨리 자신을 보호할 방어막을 치고 상대를 비난하고 공격할 거리를 찾아내어 전투태세를 갖춥니다. 에고는 세상과 타인을 향해 전쟁을 치르며 그것들로부터 자신을 더욱더 분리해 존재감을 강화합니다. 자신의 정체성을 확고히 하기 위해서 에고는 드라마가 필요한 것이지요.

이렇게 에고는 세상과 나를 분리해 '나'와 '나 아닌 것들'로 나누고 경계 짓기를 좋아합니다. 타인으로부터 자기를 구별 짓기 위해 '나'라는 자아상을 부풀리고 방어막을 치며 조금이라도 내 경계가 침범당한다고 생각하면 상대를 적으로 만들어 자신을 보호하려고 합니다.

하지만 지키고 방어해야 할 '나'라는 것은 원래 존재하지 않습니다. '나'라는 자아상 또한 에고가 지어낸 관념일 뿐입니다. '나'라는 생각을 강조하고 고집할수록 오히려 스스로가 지어낸 좁디좁은 감옥에 갇힐 뿐입니다.

삶에서 일어나는 모든 드라마와 갈등은 에고가 지어내는 이야기입니다. 우리가 이 세상에서 보고 느끼고 경험하는 것들은 모두 객관적인 진실이 아니라 에고가 만들어 내는 환상일 뿐입니다. 이미 에고에 마음을 빼앗겨 버린 우리 대부분은 이 사실을 알아차리기가 어렵고 에고가 이끄는 대로 무의식적으로 따라갈 수밖에 없습니다. 하지만 한 번이라도 에고의 속임수를 알아차리고 '지금'에 온전히 깨어있는 경험을 한다면 에고에 휘둘리지 않을 수 있는 공간과 힘을 내 안에 갖게 됩니다.

에고로부터 자유로워지기 위해 필요한 것은 알아차리는 것입니다. 공격받는다는 기분이 들 때마다, 무시당한다는 느낌이 들 때마다, 나를 부풀리고 내세우고 싶은 생각이 들 때마다, 이것이 모두 에고의 속임수임을 알아차리면 됩니다.

만일 지금 두려움과 불안에 시달리고 있다면, 그것은 무조건 에고가 만들어 낸 환상임을 알아차리세요. 현실이 어딘가 불만족스럽고 결핍되었다고 느껴진다면, 그것 또한 에고가 당신을 부추기는 속삭임임을 깨달으세요. 진짜 당신의 참모습과 현실은 어디 더하거나 뺄 것 하나 없이 그대로 완벽하고 온전합니다.

그렇게 계속해서 알아차림을 연습하다 보면 에고가 부리는 속임수가 뻔히 보이게 되며, 에고가 만들어 내는 드라마를 편안한 마음으로 즐길 수 있게 됩니다.

당신이 에고의 존재를 알아차리고 길들이지 않으면 에고가 당신을 지배하고 휘두르게 됩니다.

내 삶의 악인들…

에고는 언제나 내 바깥의 누군가를 악인으로 만들려고 합니다.
이야기가 계속되기 위해서는 악인이 필요하기 때문입니다.
나를 힘들게 한다고 비난했던 이들이 전부 다 내가 만들어낸 인물이었음을 깨달으세요.
그들은 아무런 죄가 없습니다.
오직 내 생각만이 있을 뿐입니다.
내 삶에 더 이상 드라마와 갈등은 필요 없음을 알아차리고, 그 안에서 일어난 생각과 감정을 용서하고 놓아주세요.
이리저리 나를 흔드는 이야기들에 더 이상 마음을 빼앗기지 말고 내 안의 힘을 오롯이 느끼고 그 안에 거하세요.
그렇게 나의 모든 호흡마다 용서하고 풀어주면 내가 사라지고 나의 세상이 사라짐을 느낄 수 있습니다.

☆

현실은 꿈과 같은 환상에 불과합니다.

당신이 실재라고 생각하는 이 현실이 꿈일 수도 있다는 생각을 해본 적이 있나요? 꿈속에 있을 때는 그것이 꿈인 줄을 모르듯이 현실이라고 철석같이 믿고 있는 이 삶도 또 다른 차원에서 보면 꿈일 수가 있지 않을까요?

우리는 달콤한 꿈은 그것이 꿈인 줄을 알게 되어도 계속 지속되기를 원하고, 고통스럽고 무서운 꿈은 거기서 깨어나게 되면 다행이라고 가슴을 쓸어내립니다. 달콤한 꿈이든 괴로운 꿈이든 전부 다 깨고 나면 사라지는 허상일 뿐이고, 우리가 사는 현실이라는 이 세상도 가만히 살펴보면 매 순간 변하고 사라지는 꿈과 같은 환상임을 알 수 있습니다.

가만히 살펴보세요. 우리가 실재라고 생각하는 현실이 잘 때 꾸는 꿈과 다른 것이 무엇인가요? 꿈보다 더 실제처럼 여겨지고, '나'라는 존재의 연속성이 느껴지고, 좀 더 명료하고 깨어있는 느낌 이외에 무엇이 있나요? 우리가 사는 현실은 밤에 꾸는 꿈보다 좀 더 각성된 상태에서 꾸는 꿈이라는 것 이외에는 다를 것이 하나 없습니다.

현실에서 '이것이 진짜다.' '이거야말로 실체다.'라고 잡을 수 있는 것은 아무것도 없으며 모든 것은 매 순간 변하고 사라집니다. 지금이라는 것 또한 바로 과거로 사라져 버리고, 내가 분명 경험했다고 생각하는 과거 또한 내 기억 속에서만 존재하는 환영일 뿐입니다. 그야말로 기억은 기억일 뿐이고 진실이 될 수 없으며, 기억이라는 것은 얼마든지 생각으로 왜곡될 수 있는 환상인 것이지요.

지나가는 모든 것은 환영입니다. 우리가 사는 세상 또한 매 순간 나타났다 사라지는 환영입니다. 변하지 않고 영원할 거라고 말할 수 있는 것이 하나 없고, 진실이라고 붙잡고 매달릴 것도 하나 없는 허상입니다. 정말 그야말로 매 순간 깜박이는 환영인 것입니다.

물론 당신은 보이고 만져지는 물리적이고 객관적인 현실이 이렇게 존재하는데 무슨 말도 안 되는 소리를 하느냐고 반박하고 싶겠지만, 과학의 발전 또한 현실 세계가 단지 우리 인식의 산물임을 알려주고 있습니다. 단단하고 고정된 것으로 여겼던 물체가 실제로는 끊임없이 진동하는 에너지 파동으로 이루어져 있고, 더 나아가 이 세상 자체가 거대한 에너지의 장임이 이미 밝혀졌습니다. 애초에 아무것도 없는 텅 비어있는 것에서 우리의 지각과 인식 작용으로 형상을 만들어 내고 경계를 지어서 이 세상을 창조해 내고 있는 것입니다.

당신이 보고 느끼고 경험하는 이 세상은 온전히 당신의 인식 안에서 이루어집니다.

이 사실을 알아차리기 위해서는 세상을 생각으로 바라보는 대신 텅 빈 고요한 마음으로 바라봐야 합니다. '내가 이미 알고 있다.'는 생각을 내려놓고, '저것은 무엇이다.' 이름 붙이지 말고, 그냥 있는 그대로 바라보는 것이지요. 그러면 그동안 자신이 생각과 관념으로 세상을 그려내고 있었다는 것을 알게 됩니다.

삶에서 당신을 좌지우지하는 심각하고 중요한 일은 무엇인가요? 당신을 한없이 아래로 잡아당기는 삶의 무거운 짐은 무엇인가요? 당신이 꽉 붙들고 놓지 못하는 그것은 무엇인가요? 그 모든 것이 당신이 생각하는 것처럼 그렇게 심각하고 대단하고 중요한 것이 아닐 수도 있음을 알아 차려보세요. 당신이 삶이라는 꿈에 너무 몰입한 나머지 그렇게 느껴지는 것일 뿐입니다.

꿈속에서 일어나는 일이 아무리 심각하고 무섭고 요란해도 결국은 깨어나면 사라지는 꿈일 뿐이듯, 우리 삶도 마찬가지로 아무리 중요하고 대단해 보이는 것들도 한순간 깨어나면 없어지는 허상에 불과합니다.

현실에 잔뜩 준 힘을 빼고 가볍게 즐겁게 놀이하듯 삶을 즐기세요. 삶은 그리 심각하거나 중요하고 대단할 만한 것이 못됩니다. 모든 것은 '나'라는 '내 것'이라는 집착이 만들어 낸 무게입니다.

실재라고 여겨지는 이 현실에서 딱 한 발짝만 떨어져서 바라보면 그 공간 사이로 진실을 볼 수 있습니다.

생각이 펼쳐내는 시공간…

생각이 없으면 시공간도 없습니다.
이 세상은 온전히 내 생각이기 때문입니다.
생각이 시공간을 펼쳐내고,
'나'라는 것도 내 생각이 만들어 내는 것입니다.
전부 내 한 생각이고 한순간의 꿈에 불과합니다.
지나고 나면 백 년도 한순간이고 천 년도 한순간이지요.
모든 것은 이미 일어나 있습니다.
내 생각이 그것들을 시공간 안에서
길게 펼쳐내는 것입니다.
오직 '지금' 한순간밖에 없습니다.

☆

세상은 당신이 바라보는 그대로 펼쳐집니다.

사람들에게는 저마다 세상에 대한 배경색이 있습니다. 어떤 이에게는 그 배경색이 밝고 화사한 핑크빛일 수도 있고, 다른 이에게는 따뜻하고 은은한 노란 황금빛일 수도 있고, 또한 어둡고 칙칙한 검은 회색의 배경색을 가지고 있는 사람도 있습니다. 우리는 모두 각자 자신이 가지고 있는 렌즈를 통해 세상을 바라보고 삶을 해석하게 됩니다.

기본적으로 따뜻하고 밝은 색감의 렌즈를 지닌 사람은 삶에서 일어나는 일을 긍정적으로 바라보며, 설사 그 순간에는 부정적으로 보이는 일조차 결국에는 나를 위한 최상의 일임을 알고 기꺼이 허용하고 받아들입니다.

반면에 어둡고 칙칙한 색감의 렌즈를 지닌 사람은 삶에서 기쁜 일이 일어나더라도 늘 그 안에 의심과 불안의 감정을 동반하게 되고, 결국에는 자기 삶 전체를 어둡게 만들어 버립니다.

이렇게 우리는 같은 시공간에서 같은 세상을 살고 있다고 생각하지만 엄밀히 말하면 지구상에 사는 사람의 수만큼의 다른 세상이 펼쳐지고 있습니다. 모두 각자가 가진 생각과 신념에 의해서 이 세상을 해석하고 이해하고 받아들이기 때문입니다. 그러므로 만일 당신의 세상이 어둡고 침침하다면 세상을 탓할 것이 아니라, 세상을 바라보는 당신의 렌즈를 살펴봐야 합니다. 이 세상은 그 자체로 아무런 색깔도 지니고 있지 않습니다.

당신이 세상을 보는 렌즈의 색감은 무엇인가요? 당신 삶의 배경색은 무엇인가요? 이 세상은 우리가 바라보고 느끼는 딱 그대로 펼쳐집니다.

나의 진실이 타인의 진실이 될 수 없으니…

모든 이들은 각자의 언어로 저마다의 진실을 살아갑니다.
나의 언어로 타인을 이해시킬 수 없으며
나의 진실이 타인의 진실이 될 수가 없습니다.
그래서 타인에게 이해받기 위해 애쓸 필요가 없으며
나의 세상에서 타인의 언어로 타인의 진실을 살 필요가 없
는 것입니다.
나의 언어를 이해하고 나의 진실을 알 수 있는 것은
오직 '나' 뿐입니다.

☆

과거 현재 미래의 직선형의 시간은 실재하지 않습니다.

전생이 궁금하나요?

당신은 전생을 믿나요?

과연 전생이라는 것이 있을까요?

전생은 직선형의 시간 위에서 인간이 만들어 낸 개념일 뿐입니다. 실제로는 과거 현재 미래가 지금 이 순간에 동시에 존재하며, '지금' 나의 존재 상태에 따라서 전생 현생 후생이 끊임없이 재배열 됩니다.

우리는 시간을 과거 현재 미래의 한 방향으로 흐르는 것으로 인식합니다. 하지만 실제로 시간이란 존재하지 않으며 인식이 만들어 낸 장치일 뿐입니다. 진실은 과거와 현재 미래가 '지금'이라는 영원 속에 동시에 존재하며 '빅뱅의 순간'부터 '우주가 사라지는 순간'까지의 모든 시나리오를 전부 담고 있습니다.

이것이 항상 과거에서 미래로 한 방향으로 흐르는 시공간을 살고 있는 우리 인식으로는 선뜻 이해하기가 힘들지만, 영화를 비유로 들면 이해하기가 쉽습니다. 한 편의 영화는 과거 현재 미래의 모든 이야기가 이미 완결되어 정보로 저장이 되어있습니다. 그렇게 정보로 존재하는 영화를 우리가 플레이 버튼을 누르는 순간, 시공간이 펼쳐지면서 이야기가 전개되는 것이지요.

이 세상도 마찬가지입니다. 이미 '영원'이라는 한순간에 모든 것이 다 정해져 있고 완결되어 있는 삶이라는 시나리오를 우리는 마음이라는 스크린을 통해서 시공간을 펼쳐내면서 경험하고 있는 것입니다. 영화와 이 세상이 다른 점은 영화는 시나리오가 하나로 정해져 있지만 현실은 내 선택에 따라서 무수한 시나리오가 펼쳐진다는 사실입니다. 하지만 그것도 시작과 끝이 정해져 있는 닫힌 시스템이고 어쨌든 환영에 불과하다는 것은 벗어날 수가 없습니다. 우리는 3차원의 물리적 공간에 갇혀 있기에 이것을 한꺼번에 인식하지 못하고 순차적으로 경험하는 것입니다. 2차원의 점, 선, 면이 3차원의 입체를 한 번에 동시에 볼 수 없듯이, 3차원을 사는 우리는 그 이상의 차원을 인식할 수가 없기 때문입니다. 하지만 더 높은 차원에서 바라보면 모든 일은 이미 다 일어나 있고, 과거 현재 미래의 무수한 억겁의 시간 또한 '지금'이라는 영원 속에 전부 다 담겨 있습니다.

과거 현재 미래라는 일직선상의 시간 위에 존재하는 정해진 시나리오는 없습니다. 고정되어 존재하는 전생은 없으며, 지금 나의 존재 상태에 따라서 내 모든 생애가 시간을 관통하여 다시 재배치됩니다. 중요한 것은 '전생에 내가 무엇이었느냐'가 아니라, 지금 '나는 누구이고' '무엇을 체험할 것인가' '나는 어떤 존재가 되려 하는가'입니다.

모든 것은 바로 '지금 이 순간'에 있습니다.

빛에 갇힌 세상…

우리는 모두 빛에 갇혀 있습니다.
빛의 속도와 방향에 갇혀 있고
빛이 보여주는 세계에 갇혀 있습니다.
하지만 우리의 의식은 이 빛을 넘어설 수가 있습니다.
빛의 속도를 넘어 다른 차원의 세계까지 갈 수 있으며
한쪽으로만 뻗어가는 빛의 방향을 벗어나서
과거 현재 미래를 얼마든지 넘나들 수 있습니다.
빛을 벗어나 오감의 한계에서 자유로워지세요.
지금 이 순간에 과거 현재 미래의 그 모든 이야기가
다 담겨 있음을 알 수 있습니다.

☆

4부

'문제'라고 여겨지는 것들

삶이 어떠해야 한다는 생각만 없다면 모든 것은 그대로 좋습니다.

뜻대로 되는 일이 없어 화가 나나요? 현실이 맘에 들지 않아 괴롭나요? 당신이 괴로움과 고통을 느끼는 이유는 자기 생각대로 삶이 펼쳐지지 않는다고 여기기 때문입니다.

'나는 날씬하고 예뻐야 해!'
'나는 능력 있고 돈이 많아야 해!'
'저 사람은 나에게 친절해야 해!'
'아이는 내 말을 잘 들어야 해!'

이렇게 '나는 ~해야 해' '당신은 ~해야 해' '나는 ~을 원해' 이런 생각들에 사로잡혀 있으면 우리는 현실과 끊임없는 싸움을 벌일 수밖에 없습니다. 하지만 '~ 해야 해'

라는 이 생각은 과연 어디에서 온 걸까요? 세상에 대해 가지고 있는 수많은 관념과 가치 기준은 과연 진실일까요?

우리는 현실에서 이건 좋고 저건 나쁘다고 멋대로 판단해서 신에게 이건 주고, 저건 주지 말라고 조릅니다. 하지만 무엇이 우리에게 진정으로 좋은 일인지 우리는 알지도 못하고 알 수도 없습니다. 그저 편협하고 옹졸한 시각으로 바로 앞에 보이는 이익만을 좇아서 갈 뿐입니다. 그 일이 나에게 이익인지 손해인지 좁디좁은 편견과 지식으로 계산하면서 말이지요.

실제로 내게 일어난 이 일이 삶의 큰 그림에서 어떤 퍼즐 조각일지 우리는 전혀 알 수가 없습니다. 일어난 일은 일어날 뿐이고 그것에 대해 단지 선택을 할 수 있을 뿐입니다. 좋고, 싫고, 옳고, 그르고, 이런저런 딱지를 잔뜩 붙여서 바라보든지 아니면 그 어떠한 생각이나 판단 분별도 일으키지 않고 그것을 있는 그대로 받아들이고 수용하는 것입니다.

애초에 좋은 일이나 나쁜 일은 존재하지 않습니다. 다만 일어난 일일 뿐입니다. 거기에 우리의 통념이나 관념이 덧씌운 그 일에 대한 해석만이 있을 뿐입니다. 그 해석이 수많은 이야기를 지어내고 두려움이나 공포라는 가상의 괴물을 만들어 우리를 현실과 힘겹게 싸우게 만듭니다. 하지만 이 실체 없는 가상의 적과의 전쟁에서 우리는 결코 이길 수가 없습니다. 이 전쟁을 끝내는 유일한 길은 현실을 있는 그대로 받아들이는 것입니다.

'세상은 이래야 해' '나는 이래야 해'라는 생각만 내려놓으면 모든 것은 이대로 완벽하고 온전하고 아름답습니다. 어디 더하거나 뺄 것 하나 없이 지금 이 모습 이대로가 진실이며, 되기로 되어있는 지극히 자연스러운 모습입니다.

당신이 고집하고 있는 현실은 무엇인가요? 내 아이와 배우자는 이래야 하며, 내 삶은 이렇게 펼쳐져야 한다고 쥐고 있는 관념은 무엇인가요? 그 바람이 궁극으로 당신에게 최선임을 당신은 어떻게 확신할 수 있나요?

지금 당신에게 일어나는 바로 그 일을 사랑하세요. 미래의 어느 순간에 그 어떤 특정한 일이 일어나기를 기대하지 말고, 지금 일어나고 있는 일을 긍정하고 받아들이세요. 지금 그 일이 당신에게 가장 완벽한 일이고 꼭 일어나야 하는 일입니다.

본래 문제란 없음을…

생각과 감정은 전부 착각이고 오해입니다.
그 어떤 것도 붙잡고 씨름할 만한 게 하나도 없습니다.
본래 문제란 없으며, 모든 문제는 내가 문제라고 바라보기
에 문제가 되기 때문입니다.
일어나는 일은 중립이며 거기에 좋고 나쁨을 가르는 것은
오직 나의 생각일 뿐입니다.
모든 상황을 있는 그대로 이해하고 받아들이며
모든 존재가 각자의 모습으로 존재하기를 허용하세요.
내가 나의 세상에서 진실인 만큼
그들도 자신의 세상에서 진실입니다.
나에겐 타인을 판단하거나 분별할 권리도 지혜도 없습니
다.

☆

내 안에서 일어나는 수많은 판단 분별을 용서하고 놓아주세요.

티끌만큼의 한 생각도 붙잡지 않고, 아주 작은 조각의 느낌에도 집착하지 않고, 모조리 다 풀어주고 놓아주세요.

나의 세상에는 오직 나밖에 없음을 알게 됩니다.

☆

당신이 분노하는 그 이유는 절대 정당하지도 진실하지도 않습니다.

당신 안에 분노를 먹고 사는 괴물이 있다는 것을 알고 있나요? 그 괴물은 평소에는 잠든 척 조용히 있다가 심심하고 허기가 지면 당신을 부추겨 분노와 화의 감정을 일으킵니다. 그렇게 괴물의 꼬임에 넘어가 일단 분노와 화 속에 빠지면 당신은 그 감정과 하나가 되어 이리저리 미쳐 날뛰게 됩니다. 한참을 광분해서 폭발하고 나면 그 에너지를 먹고 만족스러워진 괴물은 도로 잠잠해지고, 그때야 우리는 자신이 무슨 짓을 했는지 깨닫게 됩니다.

우리가 어떤 문제에 대해서 분노하고 화를 내면 그 순간 우리는 악이라는 가상의 적을 만들어 자신이 옳고 정의롭다는 환상으로 에고를 잔뜩 부풀리고 키우게 됩니다. 나는 옳고 상대방은 그르다는 분별로 남과 나를 구분 짓고 자신이 우월하다는 착각을 하게 되는 것이죠. 하지만 그렇게 계속해서 타인과 세상에 맞서 싸우다 보면 에고가 키운 그 분노라는 괴물에 결국은 자신이 잡아먹히고 말 것입니다. 당신이 지금 어떤 일에 화가 나고 분노한다면 고요히 자신에게 질문해 보세요.

분노하고 화내는 그 일이 당신을 순간 괴물로 만들어도 좋을 만큼 그렇게 엄청나고 큰일인가요? 혹시 분노라는 감정을 폭발해 내고 싶어서 당신이 그것을 문제로 만드는 것은 아닌가요? 분노하며 외치는 정의로운 당신의 그 목소리는 과연 진실인가요?

당신 안의 괴물이 조용해지면 그제야 깨닫게 될 것입니다. 자신이 혼자서 생쇼를 했다는 것을요. 하지만 그 사실을 인정하기 싫은 당신은 자기 행동의 정당성을 주장하기 위해 이런저런 이유와 핑계를 찾아 살을 붙여 그럴 듯한 모양을 갖출 것입니다. 하지만 이 또한 혼자서 머릿속으로 소설을 쓰는 것과 같습니다. 진실을 보지 않기 위해 이런저런 이야기들로 포장해서 감추는 것이지요.

당신 안의 괴물에게 분노와 화라는 먹이를 이젠 그만 주세요. 당신이 계속해서 먹이를 주면 덩치가 커진 그 괴물은 더욱더 많은 분노와 화의 에너지를 필요로 할 것이고 당신의 삶은 송두리째 그것에 먹히게 될 것입니다.

분노와 화가 일어날 땐 그 순간, 내 안의 괴물이 또 꿈틀거리는구나 알아차리세요. 그리고 내가 분노하는 그 이유는 절대 정당하지도 진실하지도 않다는 것을 기억하세요. 이것은 괴물이 나를 조종하는 것이지 그 분노와 화는 결코 내 것이 아님을 알아차리고 또 알아차리세요.

뭐든 저항하는 것은 지속되고 커져서 삶에 끊임없는 문제를 만들어 내고 우리를 꼼짝달싹 못 하게 옭아매게 됩니다. 진정으로 삶의 문제에서 벗어나기를 원한다면 거기에 대해서 분노하고 배척하는 대신 기꺼이 수용하고 받아들여야 합니다.

그 문제에 대해서 거부하고 화내는 나의 마음을 알아차리고, 그 생각과 감정 또한 내가 아님도 알아차리고, 내 앞에 나타난 상황을 옳다 그르다 판단하지 말고 그대로 받아들여 보세요. 그러면 분노와 화가 가라앉음과 동시에 그것을 문제라고 크게 부풀리던 내 생각 또한 사라지는 것을 볼 수 있을 것입니다.

오직 감사와 사랑만이 답임을…

살아있는 모든 것은 자기 생긴 모습대로 살 뿐입니다.
거기에 시비분별 하는 내 마음이
이 세상을 그려내는 것이지요.
모든 것은 철저하게 나와 신 사이의 일이고
결국엔 나와 나 사이의 문제입니다.
거기에 끼어들 수 있는 그 어떠한 타인이나 상황은 없습니다.
전부가 온전히 내 안에서 일어나는 마음 작용일 뿐이고
내 밖의 타인이나 세상은 아무런 잘못이 없습니다.
모두 다 내 마음이 지어내는 것입니다.
타인 탓 세상 탓을 하는 순간
나는 내 마음의 드라마에 휩쓸리게 됩니다.
자신을 잃어버리고 무의식의 프로그램 안에 갇히게 되는

☆

것이죠.

끊임없이 반복되는 무의식의 고리를 끊어내는 유일한 방법
은 알아차림과 깨어있음입니다.

깨어서 이 모든 것이 신의 현현임을 알아차리고

그 안에서 신을 보고 느끼세요.

오직 감사와 사랑만이 답입니다.

그 이외의 것은 전부 에고의 속임수고 변명일 뿐입니다.

사랑과 감사만을 선택하세요.

철저하게 온전히 단 한 순간도 놓치지 않고

사랑과 감사 속에 거하세요.

견고하고 단단했던 세상이 말랑말랑해지면서

나와 세상 사이의 공간이 없어짐을 느끼게 됩니다.

☆

우리는 모두 생각과 관념에 갇혀 살고 있습니다.

지금 누군가를 미워하고 있나요? 아니면 당신이 그 누군가의 분노와 원망을 받고 있나요? 만일 당신이 미움과 증오라는 불편한 감정과 마주하고 있다면, 바로 지금이 자신의 좁은 틀을 한 꺼풀 깨고 성장할 수 있는 좋은 기회입니다.

그러면 도대체 미움이라는 감정은 왜 생기는 것일까요? 타인의 말과 행동에 화가 나고 분노가 생기는 이유는 무엇일까요? 이것을 자세히 들여다보고 생각해 본 적이 있나요?

물론 당신은 저 사람이 잘못된 행동을 했기 때문이라고 이유를 댈 수도 있을 것이고, 상대방이 먼저 화를 내고 분노했기 때문이라며 자신의 감정과 행동을 정당화할 수도 있을 것입니다. 하지만 좀 더 들어가서 자기에게 질문해 보세요.

저 사람은 단지 자신이 할 수 있는 일을 했을 뿐인데 왜 그 사람의 말과 행동에 미움과 분노라는 불편한 감정을 느끼는 것일까요? 상대방이 나에게 분노와 증오의 감정을 드러냈다고 해서 내가 그것에 똑같이 반응할 필요가 있을까요? 타인의 행동과 말이 거슬린다면 그건 그 사람의 잘못인가요? 아니면 그 말과 행동에 불편함을 느끼는 내 책임일까요?

우리는 무의식적으로 자신에게 일어나는 부정적인 감정의 원인을 상황과 타인 탓으로 돌리는 경향이 있습니다. 지금 내가 이렇게 느끼고 행동하는 이유는 내 탓이 아닌 내 바깥의 저것 때문이라며, 자신은 아무런 잘못도 없는 희생자 역할을 하는 것이지요. 하지만 조금만 자세히 바라보면 알 수 있습니다. 내게 일어나는 모든 생각과 감정은 그 누구도 아닌 '나'에 의한 것이고 그것에 대한 책임도 온전히 '나'에게 있습니다.

타인의 그 어떤 것이 나에게 걸림으로 다가온다면 타인을 손가락질하며 비난할 게 아니라 우선 자신을 바라봐야 합니다. 그것을 흘려보내지 못하고 붙잡고 있는 나를 먼저 살펴봐야 하는 것이지요. 타인을 꼬집고 탓하는 밖으로 향한 나의 시선을 안으로 돌려 내 안의 무엇이 그것을 받아들이지 못하고 저항하는지 들여다보고 또 들여다봐야 합니다. 그러면 내가 가진 생각과 관념의 틀을 볼 수 있습니다.

내가 옳다는 아집, 이건 이렇게 되어야 하고 저건 저렇게 해야 한다는 고집, '나'라는 자아상을 지탱해 주고 크게 해 준다고 착각해 붙잡고 있는 집착, 세상과 타인은 언제든 나를 공격할 수 있다는 두려움, 이것들이 과연 진실인지 자신에게 물어보세요.

우리는 모두 생각과 관념에 갇혀 살고 있습니다. 각자가 가진 관념의 틀 안에서 살고 있고, 세상을 그 틀에 비추어 해석하고 바라보며 생각이 지어내는 이야기에 울고 웃고 분노하고 기뻐하며 살고 있습니다. 하지만 모든 생각은 착각에 불과합니다. 우리는 그 착각을 진실이라고 믿으며 살고 있는 것이지요.

당신 안에 어떤 사람에 대한 미움이 생긴다면 '또 생각이 지어내는 이야기에 내가 놀아나고 있구나.' 알아차리세요. 다른 사람이 당신에게 화와 분노를 뿜어낸다면 그 사람의 생각과 감정은 그의 것이지 나와는 상관없는 일임을 기억하세요.

중요한 것은 당신 안의 평화를 유지하는 것입니다.

모든 것은 일어난 바가 없기에…

진정한 용서란 실제로 그 사람이 용서받을 만한 일을 하지
않았음을 깨닫는 것입니다.
상대방의 잘못을 내가 용서한다는 개념은 그 사람의 행위
를 시비하고 판단하는 내 안의 분별심을 강화하고 그 일을
실체로 만드는 일에 불과합니다.
진실은 용서할 게 하나도 없음을 알아야 합니다.
타인이 내게 하는 말과 행동은 그의 무의식의 프로그램일
뿐입니다.
본인은 실제로 자기가 무엇을 하는지도 알지 못합니다.
그것에 반응해 실체로 만드는 것 또한 내 안의 프로그램입니다.
그 어떠한 타인에 대해서도, 그 어떠한 상황에 대해서도, 내
가 용서할 것은 하나도 없습니다.
모든 것은 일어난 바가 없기 때문입니다.

☆

문제라고 바라보는 내 생각이 문제입니다.

당신은 삶에서 얼마나 많은 문제를 가지고 있나요? 문제 더미를 껴안고 끙끙대면서 어떻게 하면 여기에서 벗어날 수 있을까 헤매고 있지는 않은가요? 삶은 끊임없는 문제의 연속입니다. 하나가 해결되었다 싶으면 삶의 다음 모퉁이에서 또 다른 문제를 만나게 됩니다.

하지만 자세히 살펴보면 모든 문제는 내가 그것을 문제라고 바라보기 때문에 문제가 되는 것입니다. 그것을 문제로 바라보는 내 생각이 문제인 것입니다. 만일 내가 그것을 문제라고 인식하지 않는다면 그것 자체는 아무런 문제가 아니며 그저 있는 그대로일 뿐입니다.

우리가 어떤 상황이나 사건을 문제라고 생각하게 되는

이유는 그것이 자기 뜻과 기대와는 다르게 펼쳐지기 때문입니다. 그것을 문제라고 인식하고 정의하는 기준이 자기 생각과 관념의 틀인 것입니다. 그러므로 그 틀이 좁고 강할수록 삶에서 부딪치게 되는 문제가 많아지고 그것을 풀어나가는 과정 또한 힘들어질 수밖에 없습니다.

삶에서 계속 부딪치는 문제를 해결하는 유일한 방법은 자신의 생각과 감정을 알아차리고 놓아주는 것입니다. 기존에 지니고 있던 관점과 생각의 패턴으로는 우리는 절대 그 문제에서 벗어날 수가 없습니다. 문제라고 여겨지는 상황과 타인을 붙잡고 씨름하는 대신, 내 안을 바라보고 그 문제를 만들어 내는 자기 생각을 알아차리고 놓아주어야 합니다.

이것이 물론 쉽지는 않습니다. 우리는 모두 무의식에 깔린 프로그램대로 사물을 바라보고 상황을 판단하며 자동으로 반응하게 되어있기 때문입니다. 이 무의식의 프로그램에서 벗어나서, 순간 깨어서 실체를 있는 그대로 바라보는 것은 엄청난 알아차림이 필요한 일입니다. 하지만 알아차리고 또 알아차리다 보면 자신이 갇혀 있는 생각과 관념의 틀이 보이게 되고, 내가 그토록 심각하게 붙잡고 있던 문제들이 아무것도 아니었음을 깨닫게 됩니다.

모든 것은 생각이 만들어 낸 이야기에 불과합니다. 여기에 예외는 없습니다. 다만 그것을 깨어서 알아차리느냐와 잠든 채로 그 이야기에 끌려다니느냐의 차이일 뿐입니다.

자신이 고집하는 생각과 관념의 틀을 벗어나서 부드럽고 유연하게 삶을 허용하고 받아들이는 연습을 해보세요. 애초에 문제란 없으며 문제라고 인식하는 내 안의 의식을 바꾸지 않는다면 우리는 그 문제에서 결코 헤어 나올 수가 없습니다.

'나'가 없으면 문제도 없다…

저 멀리 아프리카에서 굶어 죽는 수십만의 아이들보다 내 몸 한 끼의 배고픔이 더 절실하고, 수십억의 인구가 살고 있는 지구 환경보다 지금 당장에 내 편리함이 더 중요하고, 세계 평화보다는 내 얼굴에 난 뾰루지에 더 신경이 쓰이는 게 사람입니다.

자신의 문제는 왜 이리도 크고 중요하게 여겨지는 걸까요? 자기에게 일어난 일은 인식하는 순간, 마치 자동 돋보기가 장착이 된 듯 엄청나게 확대되어 크게 보입니다.

그러나 한 발짝만 떨어져서 바라보면, 조금만 더 크게 생각하면, 우리가 문제라고 생각하는 것의 대부분은 어린아이의 사소한 걱정거리에 불과함을 알 수 있습니다.

☆

전혀 중요하지도 않고 대단할 것도 없는 일을 붙잡고 우리는 꽤나 심각한 표정으로 무슨 큰일이라도 난 듯 끙끙대기 일쑤입니다.

모든 문제는 문제라고 바라보기 때문에 문제일 수 있음을 알면서도 무의식의 습관에 길든 우리의 마음은 매번 똑같은 곳에서 걸려 넘어집니다.

문제라고 여겨지는 것이 나타나는 순간, 실은 모두 사소한 것이라는 사실을 기억하세요.

내가 마주하고 있는 이 덩치 큰 괴물은 생각이 만들어 낸 허상임을 알아차리세요.

모든 문제의 원인은 '나'를 내세우기 때문입니다.

내가 없으면 문제 될 것도 없고 부딪칠 것도 없습니다.

☆

그 어떤 상황에서도 희생자란 없습니다.

혹시 당신, 지금 감옥에 있지는 않은가요? 생계를 위해 하기 싫은 일도 해야 하는 직업이라는 감옥, 나를 힘들게 하는 인간관계의 감옥, 항상 무언가 부족하고 맘에 들지 않은 나의 외모라는 감옥, 고통스럽고 괴로운 병든 육체의 감옥, 우리는 삶 속에 여러 감옥을 만들어 자신을 가두고 그 안에서 수동적으로 삶을 살아가고 있습니다.

감옥 속의 생활에 길들여져 막상 그곳을 나왔을 때 무엇을 해야 할지 몰라 자살을 선택해 버리는 영화의 등장인물처럼, 어쩜 우리는 살아오면서 자기를 제한하고 가두는 데 너무나 익숙해져 버린 나머지 이렇게 사는 것 이외의 다른 삶은 상상하지도 못하는 것인지도 모릅니다. 우리는 자유를 원하면서도 한편으로는 자유를 두려워하고,

책임지기는 싫어 그 누군가가 자신을 대신해 삶의 모든 선택을 내려주기를 원합니다. 그러면서 자신이 세상과 삶의 희생자라며 스스로를 연민하고 동정합니다.

하지만 그 어떤 상황에서도 희생자란 없습니다. 삶에서 일어나는 모든 일은 백 퍼센트 내 책임이기 때문입니다. 아무리 상황이나 타인 탓처럼 여겨지는 일일지라도 여기에 예외는 없습니다. 내가 보고 느끼는 타인과 이 세상 자체가 온전히 내 안에서 일어나는 마음 작용이기에, 그 어떤 것도 내 허락 없이 내 삶에 들어올 수 없으며, 내 동의 없이 일어나는 일은 없습니다.

자기 뜻대로 안 되면 징징거리며 그 누군가가 해결해 주기를 바라는 어린아이의 철없음에서 이젠 그만 벗어나세요. 내 삶의 모든 힘은 그 누구도, 내 바깥의 그 어느 것도 아닌, 오직 나에게 있음을 알아차리세요. 삶에 대한 모든 책임이 온전히 자신에게 있음을 인정하고 받아들이면 어느 순간 그 어느 자리에 있어도 내가 삶의 주인이 될 수 있습니다.

나는 오롯이 '나'로서 존재해야…

자꾸만 그 무언가에 기대고 싶어 하고 붙잡고 싶어 하는
유아적인 태도에서 벗어나세요.
나는 나로서 온전히 홀로 존재해야 합니다.
모든 것은 오직 내 문제입니다.
타인 탓, 상황 탓할 것은 하나도 없습니다.
이 세상은 내 안에서 일어나는 마음 작용이며
내 생각이 만들어낸 이야기입니다.
철저하게 한 치의 예외도 없이 전부 다 내 문제입니다.
은근슬쩍 자신의 삶을 무의식과 습관에 떠넘기지 말고
나는 이것을 왜 하는가 깨어서 질문하고 바라보아야 합니다.
그 안의 숨은 동기를 알아차리고
'나' 아닌 모든 의지처를 잘라내세요.

☆

온전히 나를 의지하고
내 안의 등불로 길을 나아가야 합니다.
타인들의 시선과 규범은 내 것이 아니기에
그들에게 나를 맞출 필요도 증명할 필요도 없습니다.
나는 오롯이 '나'로서 존재해야 합니다.

☆

당신이 같은 문제에 갇히는 이유는 동일한 반응을 반복하기 때문입니다.

당신 삶이 쳇바퀴를 돌며 계속 같은 문제 속에 갇히는 이유가 무엇인지 아나요? 그것은 당신이 마주한 상황에 지나치게 많은 에너지를 쏟으며 무의식적으로 같은 반응을 하기 때문입니다.

우리는 오감으로 들어오는 정보를 해석해서 현실을 인식하고 반응하는데요, 이 과정의 대부분이 무의식의 프로그램대로 이루어집니다. 이건 좋고, 저건 싫고, 이건 옳고, 저건 그르고, 이렇게 이미 관념화된 분별로 상황을 해석하고 그에 따른 반응도 기존에 정해진 대로 똑같습니다.

우리는 자유의지로 판단하고 행동한다고 생각하지만, 그

것은 순전히 착각일 뿐입니다. 우리가 똑같은 문제에 갇히는 이유가 여기에 있습니다. 싫다 싫다 하면서도 거기서 벗어나지 못하는 이유는 어떤 상황에 대한 우리의 해석과 반응이 똑같기 때문입니다. 그 상황을 문제라고 받아들이고, 과거와 같은 감정을 일으키고, 연이어 정해진 반응을 하는 패턴을 반복하기에 거기에서 벗어날 수가 없는 것입니다.

그러면 어떻게 하면 자신이 갇혀 있는 문제의 고리에서 벗어날 수 있을까요? 그 해답은, 내가 그 문제보다 커져야 합니다. 문제를 만들어 내는 수준에서는 결코 그 문제에서 벗어날 수 없습니다. 되풀이되는 문제에서 벗어나기 위해서는 그것에서 한 발 떨어져서 바라볼 수 있어야 합니다. 그리고 그것을 문제라고 해석하는 나의 관념에 질문을 해야 합니다.

이것이 문제라는 내 생각은 과연 진실인가? 이렇게 상황에서 떨어져나와 고요히 자신의 생각과 감정을 바라보며 질문을 하다 보면, 대부분의 문제는 내가 문제라고 정의했기 때문에 문제가 되는 것이지 그 자체로는 아무런 문제가 아님을 발견하게 될 것입니다.

만일 아무리 바라봐도 '이건 문제다'라고 여겨지는 것이 있다면 그것에 대해 불평하고 화내는 대신에 '어떻게 하면 이 문제를 해결할 수 있을까?'에 초점을 맞추고, 늘 되풀이하던 감정과 반응의 고리를 끊고 다른 행동을 선택해야 합니다. 이렇게 반복되는 무의식의 패턴에서 일단 한 번 벗어나게 되면 당신은 그 문제를 해결할 수 있는 알아차림의 힘을 쥐게 됩니다.

원하지 않은 상황에 몰입하는 것은 이제 그만두세요. 보이고 느껴지는 현실이 아무리 힘들고 암울하게 느껴진다 하더라도, 그것은 모두 당신 생각이 지어낸 분별이자 착각임을 알아차리고 거기에서 빠져나오세요. 실제로는 현실은 아무런 문제가 없습니다.

내 세상의 주인은 온전히 '나'임을 선포하면···

늘 반복되는 패턴의 고리를 끊어내는 방법은 한순간
올라오는 생각과 감정의 스위치를 전환하는 것입니다.
같은 상황에 동일한 반응을 할 필요는 전혀 없습니다.
그 순간 다른 생각과 감정을 선택하고 행동하면
다른 세상으로 들어갈 수 있습니다.
매 순간 주어지는 시공간은
온전히 나의 선택에 의해 펼쳐지기 때문입니다.
상황과 무의식의 습관에 끌려다니지 말고
의식적으로 선택하고 상황을 끌어나가세요.
물질세계에 태어난 이상 우리는 현실이라는
닫힌 고리 안을 순환할 수밖에 없습니다.

☆

중요한 것은 세상을 내가 쫓아다니느냐 아니면
내가 먼저 앞서가고 세상이 나를 따라오게 하느냐입니다.
물리적인 시간과 세상에 쫓기지 말고, 나의 의식적인 시간
과 깨어있음으로 자신의 세상을 끌고 나가세요.
내 세상의 주인은 온전히 '나'임을 선포하면, 내 바깥에 보
이는 세상에 겁먹거나 끌려다니지 않을 수 있습니다.

☆

모든 괴로움은 생각이 부풀린 이야기에 불과합니다.

당신은 지금 과거의 이야기에 얼마나 빠져있나요?

'그때 그 일이 일어나지 말았어야 했는데….'

'내가 왜 그랬을까?'

'그때 이랬더라면 어땠을까….'

이렇게 과거의 일을 곱씹으면서 후회하고 자책하고 괴로워하지는 않나요?

당신이 지금 '문제'라고 생각하는 것은 대부분이 과거에 대한 후회나 미련 아니면 다가오지도 않은 미래에 대한 걱정이나 두려움입니다. 실제로 '지금 이 순간'은 아무런 일도 일어나지 않았고 문제도 없습니다.

아마 당신은 '과거에 일어난 그 일' 때문에 지금 이렇게 고통스럽고 괴롭다고 항변할 수도 있겠지만, 엄밀히 말하면 당신이 고통스러운 이유는 과거의 그것을 자신이 계속해서 붙잡고 있기 때문입니다. 당신이 과거의 그 일을 붙잡지 않고 놓아준다면 지금 당신의 현재에는 아무런 영향을 미칠 수가 없습니다.

우리는 모두 희생자 역할 하기를 좋아합니다. 내가 지금 이렇게 괴롭고 고통스러운 이유는 과거의 그 일 때문이고, 저 사람이 나에게 했던 말과 행동 때문이고, 세상이 내 뜻대로 되지 않기 때문이라며 자기 삶에 대한 책임을 자신이 아닌 다른 무언가로 돌려버립니다. 하지만 이렇게 지금 나의 상태를 어린애처럼 자신이 아닌 그 무엇의 탓으로 돌려버리면 우리는 삶에서 영원히 무력한 희생자가 되어 질질 끌려다닐 수밖에 없습니다.

과거에 일어난 일은 일어난 일일 뿐입니다. 당신이 거기에 아무런 의미도 부여하지 않고 '지금'으로 가져오지 않는다면 아무 문제가 되지 않습니다.

삶의 모든 문제는 생각이 지어내는 이야기입니다. 물론 공감도 동의도 안 되는 말이라고 여겨지겠지만, 자세히 바라보면 금방 알 수 있습니다.

당신이 지금 괴로운 이유를 살펴보세요. 무엇 때문에 힘든가요? 모두 다 '한 생각'이 일으키는 괴로움이 아닌가요?

당신이 과거의 일로 괴롭다면 그것을 드라마처럼 끊임없이 재방송하는 당신 생각으로 인한 것이고, 미래에 대한 막연한 두려움과 불안이라면 말할 것도 없이 생각이 지어내는 망상일 뿐입니다. 모든 것은 생각이 부풀린 이야기에 불과합니다. 그 생각이 없다면 정말이지 아무런 문제가 없습니다.

중요한 것은 '지금 이 순간'뿐입니다. 이미 지나가 버린 과거나 아직 오지도 않은 미래가 아닌 '지금 이 순간'이라는 현재만이 당신에게 주어진 유일한 진실입니다.

삶의 무게는 전부 생각의 무게일 뿐…

과거를 단호히 끊어내고 미래에 대한 망상도 잘라내세요.
우리는 오직 지금 이 순간, 오늘만을 살 수 있을 뿐입니다.
삶의 무게는 전부 다 생각의 무게이고
그것은 망상이요 허상에 불과합니다.
막상 부딪치면 그 순간에 해야 할 일만이 있을 뿐입니다.
지금 내게 주어진 이 순간만 살아내면 됩니다.

☆

5부

이대로인 삶

언제나 시간과 현실은 당신 편입니다.

당신 앞에 펼쳐진 현실이 힘들고 고통스럽나요? 내게 왜 이런 일이 벌어졌나 원망하고 한탄하고 있나요? 너무 억울해하거나 슬퍼할 필요 없습니다. 지금 당신이 겪고 있는 힘든 시간과 고통은 삶이 당신을 위해 준비한 선물입니다.

물론 이 말이 너무나 상투적이고, 실제로 고통 속에 있을 때는 하나도 도움이 되지 않는 게 사실입니다. 선물 따위는 필요 없으니 어떻게든 고통만은 피하고 싶다는 게 솔직한 심정이지만, 이것은 달콤한 사탕만을 바라는 철없는 어린애로 영원히 머무르고자 하는 에고의 얄팍한 욕망일 뿐입니다. 당신 내면 깊은 곳에서는 자신에게 필요한 게 무엇인지를 정확히 알고 있고, 그것이 나타나야 할 가장 완벽한 때에, 가장 알맞은 방식으로 당신에게 찾아오게 되어 있습니다. 삶에서 마주하는 것은 전부 자신이 스스로를 위해 준비한 선물인 것입니다.

물론 그 선물의 포장이 풀기 쉽고 예쁜 것도 있지만, 도저히 손도 대기 어려울 만큼 거칠고 험해 보이는 것도 있습니다. 하지만 가장 값지고 아름다운 선물은 모두 풀기 힘든 고약한 포장을 두르고 우리 앞에 나타납니다. 당신이 그것과 마주하는 것을 회피하고 도망가지만 않는다면 그렇게 질질 시간을 끌거나 고통받지 않고도 그 두꺼운 포장을 풀고 삶이 주는 선물을 받을 수가 있습니다.

우리는 삶의 어두운 터널에 들어서게 되면 두려움에 휩싸여 꼼짝도 못 하고 그 자리에서 얼어버립니다. 아무것도 보이지 않는 암흑 속에서 절벽 앞에 서 있는 듯한 공포와 두려움에 사로잡혀 한 발을 앞으로 떼는 것조차 무서워합니다.

하지만 본래 이 세상은 그 어떠한 경우에도 안전합니다. 당장 내 앞이 낭떠러지인 듯 느껴져도 그것은 생각이 지어내는 두려움일 뿐, 다음 발을 내디딜 단단한 땅은 언제나 존재합니다. 우리를 어둠의 절벽으로 밀어내는 것은 언제나 실체 없는 두려움입니다.

깜깜한 터널에 들어섰을 때 빨리 빠져나오는 방법은 묵묵히 그 시간을 견디며 계속해서 움직이는 것밖에는 없습니다. 철퍼덕 주저앉아서 내가 왜 여기에 있어야 하는지 한탄하며 남 탓 상황 탓을 하는 것은 어리석은 짓일 뿐입니다. 오히려 그런 생각이 자신을 꼼짝달싹 못 하게 더 옭아맬 뿐이지요.

겪어야 할 일이라 생각하고 겪어내세요. 그것을 피하고자 다른 것으로 덮어버리거나 도망가는 것은 오히려 더욱더 큰 과제로 키울 뿐입니다. 터널의 시간을 늘리기만 할 뿐인 잡생각은 모두 꺼버리고, 삶을 믿고 한 발 한 발 앞으로 나아가면 됩니다.

죽을 것 같아도 절대 죽지 않고, 영원할 것 같아도 결국은 끝이 있습니다. 언제나 시간과 현실은 당신 편입니다. 당신이 멈추지 않고 발을 내딛는 한, 현실은 언제나 당신의 발을 받쳐주는 단단한 땅이 됩니다.

회피하거나 부정하는 대신 삶을 온전히 신뢰하고 똑바로
관통해 낼 때야만 우리는 삶의 기적을 볼 수 있습니다.

생각 안에서 빙빙 천만 년을 돌아봤자…

한 발만 내디뎌 밖으로 나오면
언제나 멋진 세상이 펼쳐져 있습니다.
늘 안주하고 싶고 익숙한 곳에 머물고 싶어 하는
나태함과 안온함이 자신을 가두는 것이지요.
과감히 움직이고 행동하세요.
뭐든 머리로 생각하는 것과 직접 부딪치는 것은
천지 차이입니다.
생각 안에서 빙빙 천만 년을 돌아봤자
한순간 현실을 몸으로 살아내는 것을 이기지 못합니다.
생각을 멈추고 이런저런 핑계와 변명을 달지 말고
그냥 하세요.
생각은 믿을만한 것이 하나 없습니다.

☆

직접 들어가기 전까지는

우리는 전혀 그 세계를 알 수 없습니다.

오직 지금 이 현실만이 진실이고 진리입니다.

당신은 생각이 중계하는 세상 속에서 살고 있습니다.

생각이 중계하는 세상 속에서 당신이 살고 있다는 사실을 알고 있나요? 하루 내내 머릿속에서 재잘거리는 속삭임의 정체를 눈치챘나요?

'이것은 좋군. 저것은 나빠.'

'저 여자는 키가 왜 저렇게 큰 거야?'

'저 남자는 옷이 너무 촌스러워.'

'저 사람 말은 틀려. 왜 저런 이상한 생각을 하는 거지?'

'이게 저것보다 훨씬 나아'

우리는 눈에 보이는 것들을 끊임없이 비교하고 판단하고 해석합니다. 하지만 그거 아세요? 이것은 모두 생각이 지어내는 이야기일 뿐 그 어느 것도 진실은 아닙니다.

좋고 나쁨이나 옳고 그름, 위 아래, 선과 악, 이것은 원래부터 결정되어 존재하는 것이 아닌 인간이 만들어 낸 관념일 뿐입니다. 본래 이 세상은 정해진 게 하나도 없으며 그저 '있음'의 상태로 존재합니다. 아무런 에너지의 편중도 없는 평화로운 이 세상을 흑백으로 나누고 좌우와 상하로 나누어 수많은 이야기와 갈등을 만들어 내는 것입니다.

이원성의 세계에 사는 우리에게는 선과 악, 좋음과 싫음, 옳고 그름의 대비되는 것이 존재하는 게 너무나 당연하게 여겨집니다. 하지만 고요히 들여다보세요. 당신이 믿고 있는 신념이나 관념은 과연 원래부터 존재했던 객관적인 사실일까요? 이것은 이래야 하고, 저 사람은 저래야 한다는 생각은 무엇을 기준으로 정해진 것인가요? 당신이 믿고 있는 진리는 과연 정말 절대적인 진실일까요?

진실은 당신이 판단과 분별을 내려놓는다면 모든 것은 그대로일 뿐이라는 것입니다.

당신의 생각이 진실인지 끊임없이 들여다보고 물어보세요. 자기 내면에서 나온 소리인지 아니면 사회나 타인으로부터 주입된 관념인지 묻고 또 물어보세요.

혹시 내 신념이 맞다고, 내가 가고 있는 이 길이 더 낫다고 우기고 싶나요?

당신이 지닌 믿음은 당신의 생각일 뿐이고, 당신이 가는 그 길은 하나의 방식일 뿐입니다. 본래 정해진 것은 아무것도 없습니다.

현실이라는 물리법칙에서 벗어나면…

관념과 이해의 틀을 벗어나 세상을 바라보세요.
맞고 그른 것도 없고, 그래야 하는 것도
그렇게 되어야 하는 것도 없습니다.
물리법칙을 벗어나고 인식의 한계를 벗어나면
전부 다 주입된 관념이고 한계임을 알 수 있습니다.
우리는 현실이라는 물리법칙에 갇혀 있습니다.
다른 세상 속에서는 다른 물리법칙과 이해가 적용됩니다.
꿈속에서는 비상식이 상식이 되고 이해될 수 없는 것이
당연한 것이 되는 원리와 같습니다.
내가 실제라 믿고 있는 이 현실에서 살짝만 깨어나도
경계가 사라지고 한계가 없어집니다.

☆

당신은 마음이 만들어 낸 드라마에 중독되어 있습니다.

삶에서 무엇이 기쁜 일이고 슬픈 일인지 당신은 정말 알고 있나요? 지금 벌어지고 있는 이 일이 당신에게 좋은 일일지 나쁜 일일지 어떻게 확신할 수 있을까요?

삶에서 일어나는 그 어떠한 일도 그 자체로 긍정적이거나 부정적인 것은 없습니다. 우리가 좋은 일 나쁜 일이라 이름 붙이는 것은 드라마를 좋아하는 우리 마음이 지어내는 것입니다. 물론 그 당시로 보자면 어떤 것의 상실이나 실병, 사랑하는 이의 죽음 등 인간적인 마음으로는 충분히 슬프고 고통스러운 일이 있을 수 있지만, 그 또한 엄연히 일어난 일일 뿐 그 자체로 좋거나 나쁜 일은 아닙니다. 그냥 일어난 일일 뿐이고 거기에는 아무런 의미도 없습니다. 단지 우리 마음이 이건 좋은 일이고 나쁜 일이라 이름 붙이고 슬펐다 기뻤다 고통스러웠다를 반복하는 것입니다.

가만히 생각해보세요. 어떤 것이 삶에서 긍정적인 것이고 부정적인 것인지, 어떤 일이 좋은 일인지 나쁜 일인지 당신은 전체적인 그림은커녕 한 치 앞도 알지 못합니다. 실제로 삶에서 고통을 가져다주는 상실과 질병, 실패 등을 겪고 나서야 우리는 에고에 의해 가려져 있던 자신의 본모습과 삶의 진짜 의미를 깨닫게 됩니다.

하지만 고통을 피하고자 하는 무의식적인 저항이 두려움과 불안을 일으키고, 자신을 방어하고 타인을 공격해 스스로를 고립시키는 에고의 지배 속으로 들어가게 만듭니다. 에고가 우리를 지배하기 시작하면 우리는 에고가 만들어 내는 드라마에 이리저리 끌려다닐 수밖에 없습니다. 에고는 지금 이대로의 현실을 그대로 받아들이지 못하고 끊임없이 이것과 저것을 나누고 좋고 나쁨을 분별하여 갈등과 문제를 만들어 냅니다.

실제로 대부분의 사람은 고통에 저항하면서도 에고가 만들어 낸 드라마에 중독이 되어 있습니다. 자신도 모르는 사이에 늘 선과 악을 가르고, 옳고 그름을 구분 짓고, 좋고 나쁨을 나누어서 거기에 자신의 에너지를 쏟아붓습니다. 그러다 감당하기 힘든 고통을 마주하게 되면 그 드라마에서 깨어나게 되는 것입니다.

삶은 원래 좋고 나쁨, 긍정적이고 부정적인 일이란 없습니다. 그냥 일어난 일일 뿐이고 거기에 어떠한 의미도 없습니다. 단지 드라마를 필요로 하는 에고가 붙인 이름일 뿐입니다.

삶의 드라마에서 이젠 그만 벗어나고 싶다면 지금 일어나고 있는 일에 그 어떠한 이름표도 붙이지 말고 있는 그대로 바라보고 받아들이세요. 화나는 일이다, 슬퍼해야 하는 일이다, 절망스러운 일이다, 전부 에고가 당신을 부추기는 속임수입니다. 삶에서 본래 정해진 것은 아무것도 없습니다.

플러스 마이너스 제로이기에…

'좋다' '싫다'의 분별만 없으면
삶은 이대로 완벽하고 온전합니다.
'앞으로 전진하는 것이 뒤로 후퇴하는 것보다 더 낫고,
위로 올라가는 것이 아래로 내려가는 것보다 더 좋다'라는
것은 온전히 우리의 편견이자 관념입니다.
우리가 세상을 바라보고 해석하는 시선은
몽땅 주입된 규칙이기 때문입니다.
거기에서 한 발짝만 떨어져 나오면
그 어떤 차이도 없음을 발견하게 됩니다.
세상은 그네와 시소처럼 앞으로 굴려서 나가는 것만큼
뒤로 가기 마련이며, 올라가면 반드시 내려오게 되어 있습
니다.

☆

모든 것은 플러스 마이너스 제로라 완벽하게 짝을 이루며
에너지의 균형을 맞추기 때문입니다.
탄생과 죽음이 같고, 빛과 어둠이 하나이며, 슬픔과 기쁨이
다르지 않음을 알면, 삶에서 그 어떤 일이 일어나도 온전히
받아들일 수 있습니다.
내가 필요로 하고 원하는 일이 아니라, 지금 이 순간에
일어나야 하는 완벽한 일이 벌어지고 있는 것입니다.
지금 이 순간의 모든 것은 온전히 신의 뜻이고,
신의 뜻은 곧 나의 뜻임을 알게 됩니다.

☆

모든 존재는 자기 모습대로 존재할 뿐입니다.

어떻게 하면 애쓰지 않고 쉽게 살 수 있을까요? 어떻게 하면 삶 속에서 벌이는 모든 전쟁을 끝내고 편안하고 고요하게 존재할 수 있을까요? 어떻게 하면 내가 원하는 것들이 자동으로 현실에서 그대로 실현이 될 수 있을까요? 이것을 방해하는 유일한 것은 생각이 만들어낸 관념입니다. 당신이 생각으로 방해하지만 않는다면 모든 것은 되기로 되어 있는 최상의 방향으로 흘러가게 되어 있습니다.

그러면 위 질문들을 거꾸로 뒤집어서 자신에게 해보세요. 당신이 살면서 그토록 애쓰는 것은 무엇인가요? 삶이 흘러가는 대로 그냥 두지 않고 왜 그런 힘든 전쟁을 하는 건가요? 지금 이 현실이 완벽하지 않다는 당신의 생각은 과연 진실일까요? 이 질문들을 시간을 들여서 깊게 바라보면 생각으로 지어낸 관념에 당신이 놀아나고 있음을 알게 될 겁니다.

지금 애쓰는 것들을 전부 다 놓아버려도 당신은 호흡하고 살게 되어 있으며, 당신이 특별히 신경 쓰지 않아도 100조 개가 넘은 당신 몸의 모든 세포는 각자가 할 일들을 정확히 알아서 행합니다. 솔직히 우리가 존재하는 데에는 아무런 노력이 필요하지 않습니다.

한 톨의 작은 씨앗이 때가 되면 싹을 틔우고 꽃을 피우고 열매를 맺는 그 모든 과정에서 우주의 완벽한 질서와 조화를 볼 수 있듯이, 우리가 존재하는 데에도 이미 우주의 경이로운 리듬이 작동하고 있는 것입니다. 문제는 여기에 우리가 지어낸 여러 관념이 우주의 흐름을 방해하고 삶을 복잡하고 힘들게 만드는 것일 뿐입니다.

스스로 지어낸 '나'라는 자아상에 자신을 끼워 맞추느라 끊임없는 애씀을 하게 되는 것이고, 이건 이렇게 되어야 하고, 저건 저렇게 되어야 한다는 생각이 만들어낸 기준에 도달하려 삶과 전쟁을 벌이게 되고, 지금 이대로의 현실과 나 자신의 완벽함과 온전함을 보는 대신에 끊임없이 결핍과 불만을 지어내며 힘들어하고 있는 것입니다.

지금 이 순간, 바로 애씀 없이 사는 삶을 선택할 수 있습니다. 지금 이 순간, 바로 삶에서 벌이는 모든 전쟁을 끝내고 고요하고 평온하게 존재할 수 있습니다. 지금 이 순간, 바로 당신의 현실에서 당신이 원하는 모든 것이 펼쳐지는 것을 볼 수 있습니다.

당신이 움켜쥐고 있는 관념들을 전부 놓아버리세요. 이래야 하고 저래야 한다는 나의 이 생각이 진실이 아님을 알아차리세요. 지금 이대로의 나 자신이 부족하고 완벽하지 않다는 그 생각은 과연 어디에서 오는 것인지 들여다보세요. 모두 당신이 지어내는 이야기임을 알 수 있을 것입니다.

본래 삶에서 무엇이 그렇게 되어야 한다든가 혹은 그러지 말아야 한다든가 하는 것은 없습니다. 그저 일어날 뿐이고 거기에 대해서 좋다 싫다 분별하는 우리의 생각이 있을 뿐입니다. 일어난 일에 아무런 생각을 더하지 않고 바라본다면 그것은 그것 자체로 아무 일 없는 그저 일어날 뿐인 일이 되는 것이지요.

무수한 판단 분별의 재잘거림을 꺼버리고 현실을 있는 그대로 바라보세요. 강둑에 쪼그리고 앉아 흘러가는 물을 무심히 바라보듯 그렇게 바라보세요. 어떤 것이 이래야 하고 저래야 하는 것은 없습니다. 모든 것은 자기 모습대로 존재할 뿐입니다.

당신이 지금 사느라 무척 애쓰고 있다면 그 또한 당신이 지어내는 이야기일 뿐입니다.

나의 태도가 나의 존재 상태가 되기에…

자연은 언제나 제 할 일을 정확한 때에 완벽하게 해냅니다.
누가 보든 안 보든 상관없이 때가 되면 싹을 틔우고 꽃을
피우고 열매를 맺고, 자연은 절대 꼼수를 부리거나 뽐내거
나 경쟁하는 법이 없습니다.
그저 자기 할 일을 할 뿐입니다.
그 누구의 눈에도 띄지 않는 깊은 숲속의 들꽃 하나가 최
선을 다해 꽃을 피워내듯, 자신에게 주어진 일에 정성을 다
하세요.
아무리 사소하고 하찮아 보이는 일 일지라도 그것을 대하
는 마음가짐이 곧 전 우주를 대하는 것과 같습니다.
내가 하는 일의 경중이 중요한 게 아니라 그 일에 임하는
나의 태도가 곧 나의 존재 상태가 되기 때문입니다.

☆

그저 묵묵히 해내세요.

주어진 일에 좋다 싫다 분별하지 말고 지금 내가 하는 이 일이 신이 나에게 맡긴 유일한 일임을 알고 할 수 있는 최선을 다하세요.

삶의 모든 순간에 신이 함께하게 됩니다.

☆

우리는 자신의 생각 이상의 것은 볼 수도 알 수도 없습니다.

당신이 삶에서 추구하는 것은 무엇인가요? 당신 삶의 목표는 무엇인가요? 당신이 추구하는 것이 돈이든 명성이든 권력이든 혹은 그것이 신이라 할지라도, 당신 바깥에서 찾는 것은 결국은 실패하게 되어 있습니다.

내 밖에서 무언가를 찾고 구한다는 것은 이대로의 나와 현실에 만족하지 못한다는 것을 의미하고, 그것은 '지금'을 부정하는 것이며 이렇게 결핍의 생각에서 출발한 것은 결국은 결핍만을 가져오기 때문입니다. 시공간과 오감의 세계에 갇혀 사는 우리 인식으로는 '여기'보다 더 나은 '저기'가 있으며 '지금'보다 더 멋진 '미래'가 존재할 것처럼 느껴집니다.

하지만 진실은 '지금 이 순간, 여기'에 모든 것이 존재합니다. 내가 애써 가야 할 '저기'란 없고, 내가 되어야 하는 '미래의 나'도 없습니다. 지금 이 순간에 나는 이미 그모든 것이고 과거 현재 미래가 동시에 존재하기 때문입니다.

선형적인 시공간 속을 살고 있는 우리 사고로는 이 사실을 이해하기가 힘들지만, 이 또한 조금만 자세히 들여다보면 알 수 있습니다. 우리가 떠올리는 과거와 미래는 오직 머릿속의 생각일 뿐이며, 실제로 존재하고 경험하는 것은 '지금' 뿐입니다. 당신이 기억하고 있는 과거가 진실이라는 것을 당신은 결코 알 수 없으며, 또한 앞으로 존재할 거라고 확신하는 미래도 당신의 생각일 뿐입니다. 과거와 미래는 당신이 떠올릴 때만 존재하는 환영일 뿐실제로는 존재하지 않습니다.

바깥세상이 나와 분리되어 존재한다는 것도 생각이 만들어낸 인식의 오류입니다. 당신이 실체라고 믿고 있는이 물질세계가 실제로 당신 바깥에 존재한다는 것을 당신은 그 무엇으로도 증명할 수도, 확신할 수도 없습니다. 당신이 오감으로 느끼는 이 세상은 순전히 당신 안에서 일어나는 경험일 뿐이기 때문입니다.

전부 다 당신 안에서 일어나는 일입니다. 하지만 오감이 전해주는 세상을 전부라 믿고, 그 안에 갇혀 살아온 우리는 이 사실을 알 수가 없습니다. 우리는 모두 오감과 생각이라는 감옥에 갇혀 살고 있기 때문입니다.

자세히 당신의 세상을 한 번 바라보세요. 당신의 생각 아닌 것이 있나요? 당신 앞의 컵도 당신의 생각이고, 하늘도 나무도 구름도 지나가는 수많은 타인도 전부 당신의 생각입니다.

우리는 자신의 생각 이상의 것은 볼 수도 알 수도 없습니다. 내가 세상 안에 있는 것이 아니라, 세상이 내 안에 있는 것입니다. 내가 보고 느끼는 세상은 온전히 내 안에 존재하며 이것이 내 바깥에서 무언가를 찾아 헤맬 게 없는 이유입니다.

'지금 이 순간, 여기, 내 안'에 다 있습니다. 그 무엇을 찾으려 헤맬 필요도 없고, 어디로 가야 할 필요도 없이 이미 내가 그 모든 것이고 이대로 충분합니다.

삶의 힘은 행동에서…

망설임 없이 단호하게 결정하고 그냥 하세요.
망설임에 자신의 에너지를 빼앗기지 마세요.
삶의 힘은 행동하는 것에서 나옵니다.
할까 말까의 망설임은 우리의 에너지를 흐트러뜨리고
낭비하게 만듭니다.
가볍게 결정하고 그냥 행하세요.
머리를 굴리고 굴려봤자 어차피 다 거기서 거기입니다.
삶을 가를만한 엄청난 결정이란 없고,
실은 전부 다 정해져 있습니다.
우리는 그 안에서 고민하는 척할 뿐입니다.
중요한 것은 그 어떠한 상황에서도
평온하고 고요할 수 있는 마음의 존재 상태입니다.
모든 선택은 다 옳고, 모든 결정은 그 순간의 최선입니다.

☆

자석을 아무리 잘게 쪼개도 N극과 S극은 공존합니다.

고통 없는 행복을 원하나요? 악이 존재하지 않는 선만이 가득한 세상을 바라나요? 당신의 이 바람은 결코 이루어질 수 없습니다. 행복은 늘 고통을 동반하고, 선은 악이 있어야 존재합니다. 양극은 결코 따로 분리할 수가 없습니다.

우리는 대비되는 것 없이는 어떤 대상, 어떤 사건도, 어떤 형태도 인식할 수 없습니다. 어둠 속에서만 빛을 알 수 있으며, 악이 있기에 선이 존재하고, 길고 짧음, 높고 낮음, 위 아래, 크고 작음, 왼쪽과 오른쪽, 이렇게 우리가 사는 세상은 한쪽이 있음으로써 다른 한쪽이 존재할 수 있는 이원성의 성질을 가지고 있습니다.

삶도 마찬가지입니다. 고통 없이는 행복을 알 수 없으며, 불편함과 결핍은 안락함과 만족이라는 감정을 느낄 수 있게 하고, 슬픔과 기쁨은 언제나 쌍으로 같이 다니며, 죽음이 있기에 탄생이라는 것도 존재할 수 있습니다.

이렇게 하나가 나타나기 위해서는 반대 극의 다른 하나도 존재할 수밖에 없는 진리를 무시하고, 우리는 이런 양극 중의 하나만을 취하기 위해서 평생을 애쓰는 바보 같은 짓을 합니다. 고통 없는 쾌락을 원하고 악이 존재하지 않은 선을 바라며 부정이 전제되지 않은 긍정을 추구하며 죽음이 없는 생명을 원합니다. 삶의 모든 문제가 여기에서 발생하는데요, 이건 풀기 어려운 문제가 아니라 인간의 망상에 불과합니다. 그럼 우리는 이것을 어떻게 이해하고 받아들여야 할까요?

자석을 아무리 잘게 쪼개도 여전히 N극과 S극을 같이 가지고 있는 것처럼, 이 양쪽의 극이 어떤 경계에 의해 분리된 독립된 측면이라는 환상을 깨고 양 끝을 분리하고 고립시키려는 시도를 그만 내려놓아야 합니다. 쾌락이 있는 곳엔 고통이 같이 존재함을 알고, 선과 악, 긍정과 부정이 다르지 않음을 인정하고, 죽음이 없는 생명은 존재할 수 없다는 사실을 받아들여야 합니다.

올라갔다 내려갔다, 붙었다 떨어졌다, 일어났다 사라지는 것은 너무나 당연하고 자연스럽습니다. 들숨을 붙잡지 않고 자연스레 뱉어내듯이 삶에서 오고 가는 것에서 그 어느 것 하나를 고집하지 않아야 합니다. 이것저것 붙잡아 실체로 만들려는 인간의 욕망은 애들의 모래 장난처럼 참으로 허망하기 그지없는 것입니다.

내 안의 빛과 어둠, 절제와 방탕, 고귀함과 천박함을 모두 끌어안으세요. 어느 하나 배척하거나 부정하지 않고 있는 그대로 온전히 받아들이세요. 더하고 뺄 것도 없고 낫고 못 하고도 없이 이대로가 진실입니다. 거기에 알록달록 색깔을 입히며 그림을 그리는 것은 내 생각일 뿐입니다.

삶의 모든 양극을 같이 껴안을 때 우리는 온전한 자유를 누릴 수 있습니다.

이원성의 세상에서는···

영원하지 않은 것만이 인식될 수 있고
침묵은 깨질 수 있기에 존재합니다.
우리가 살고 있는 이원성의 세상에서는
'영원'이 무엇인지 '진리'가 무엇인지 결코 알 수 없습니다.
인식될 수 있는 건 전부 다 사라지기 마련이고
말해지는 순간 진실이 아니게 되기 때문입니다.

☆

6부

당신 삶의 주인은 무엇인가요?

오롯이 자기 자신으로 존재하세요.

당신 안에 5살짜리 꼬마 아이가 있다는 것을 아나요? 언제나 사람들로부터 관심받고 싶어 하고, 자신이 중요한 사람이라고 인정받기를 원하며, 타인과 구별되고 돋보이는 자기를 키우는 데만 관심이 있는 아이지요. 이 아이는 바로 '에고'입니다.

에고는 타인과 나를 분리해서 자신을 남과는 다른 특별한 존재로 느끼고 싶어 합니다. 남이 가지지 못한 걸 가지고 있고, 남이 알지 못한 걸 알고 있고, 남이 하지 못하는 것을 자신은 할 수 있다는 우월감과 만족감을 먹고 자랍니다.

만약 누군가 자신보다 더 많이 갖거나, 더 많이 알거나,

더 많이 할 수 있다고 여겨지면, 에고는 스스로가 작아지는 느낌에 위축이 되고 자기 존재에 위협을 느낍니다. 그래서 어떻게든 상대방에게서 흠집을 찾아내 깎아내리고 비난해서 위축된 자신의 존재를 회복하려 합니다.

에고는 이렇게 타인과의 비교를 통해서 자신의 가치에 점수를 매기고 타인의 인정과 칭찬으로 자기 존재를 확인합니다. 우리는 모두 겉으로는 고상한 어른인 척하지만, 그 안을 들여다보면 철없고 이기적이고 자기밖에 모르는 이런 유치한 꼬맹이가 있습니다.

남과는 다른 특별한 존재가 되고 싶어 하고 타인의 관심을 바라고 우월한 존재가 되고 싶어 하는 에고가 잘못된 것은 아닙니다. 다만 이런 에고의 욕망이 우리의 모든 고통의 원인이 되는 것에 문제가 있는 것이지요.

에고는 당신이 현실에서 '나'라고 생각하는 믿음에 불과합니다. 진짜 당신의 참모습이 아닌 이 세상과 타인으로부터 나를 구별 짓고 싶어 하는 환상에 불과한 것입니다. 물질적인 몸을 '나'라고 믿게 하고, 자신은 남과 다른 특별한 존재라고 속삭이며, 다른 이들로부터 더 돋보이고 차별되게 만들기 위해 세상 것들을 많이 소비하고 가지라고 부추기는 내 안의 욕망이 바로 에고입니다.

우리는 모두 에고의 속임수에 넘어가 '본래의 나'를 기억하지 못하고, 에고를 자신과 동일시하여 에고의 욕망에 휘둘리게 됩니다. 이렇게 환상에 불과한 에고의 욕망을 채우느라 사회와 타인이 정한 규칙과 틀에 자신을 맞추기 위해 발버둥 치고, 남과 비교하여 내게 있는 것과 없는 것을 가리는 것은 얼마나 쓸데없고 어리석은 짓인가요?

네모나면 네모난 대로, 동그라면 동그란 대로, 지금 그 모습 그대로가 정확히 자신의 완벽한 모습입니다. 타인의 시선으로 자신을 바라보고 재단하는 것은 삶의 주도권을 타인에게 줘버리고 노예의 삶을 사는 것과 마찬가지입니다.

당신은 당신 삶의 주인으로 살고 있나요?
아니면 그 무엇의 노예로 살고 있나요?

당신 우주의 중심은 그 누구도, 그 무엇도 아닌 당신이고, 당신을 정의하는 기준 또한 온전히 당신입니다. 당신 이외의 그 어떤 것도 당신의 존재 가치를 매길 수 없습니다.

당신은 그 무엇을 따라갈 필요도 없고, 그 누구에게도 인정받을 필요도 없는 그 어느 것과도 비교 불가능한 독특하고 유일한 존재입니다. 오롯이 당신 자신으로 존재하세요. 당신은 이미 그대로 완벽하고 온전한 우주의 현현입니다.

이 세상이 통째로 '나'임을…

'나는 저들과 섞이고 싶지 않아' 하는 에고의 오만이 보이나
요?
'나는 그들과 달라'라고 외치는 에고의 교만이 들리나요?
섞이고 싶지 않은 그들이 곧 '나'이고, 나와는 별개라고 착
각되어 보이는 형상이 모두 내 모습입니다.
내가 보고 느끼는 그 어느 것도 '나' 아닌 것이 없고,
내 모습이 아닌 것이 없습니다.
이 세상이 통째로 '나'입니다.
오직 분별하는 내 마음만이 있을 뿐이죠.
지구상의 모든 이는 나의 윤회이고 내 모습의 조각들입니다.
과거 현재 미래의 모든 이들이 동시에 '나'를 표현하고 있습
니다.

☆

내 삶의 모든 타인은 '나'이고
이 세상에 '나' 아닌 것은 없습니다.

☆

무슨 일이 일어나든 당신은 안전합니다.

절망에 빠져본 적이 있나요? 단 한 순간도 버티기 힘들 정도로 깊은 고통과 우울의 늪에서 헤매본 적이 있나요? 당신을 그토록 힘들게 만들었던 그 절망과 고통은 지금 어디에 있나요?

절망이란 내가 기대했던 일이 생각대로 이루어지지 않거나, 어떤 상황에서 더 이상 자신이 할 수 있는 일이 없다고 여겨 스스로 미래에 대한 희망을 포기할 때 일어나는 감정입니다. 이 또한 실재하지 않는, 순전히 내 생각으로 인해 일어나는 것입니다. 하지만 우리는 이 허상의 감정을 붙들고 이런저런 이야기들을 덧붙이고 자신의 에너지를 쏟아부어 실재하는 것으로 만들어 버립니다.

절망이란 단순히 어떤 상황에 대한 자신의 해석이자 판단이고 그것을 경험해 내는 마음의 태도일 뿐입니다. 똑같은 상황에서 어떤 이는 절망하고, 다른 이는 현실로 덤덤하게 인정하고 받아들이며 더 나아가 거기에서 희망을 보는 이도 있습니다. 이 차이는 어디에서 오는 것일까요? 삶을 바라보는 관점과 태도의 문제입니다.

가지고 있는 게 많고, 쥐고 있는 것이 클수록, 내 현실은 이런 식으로 전개되어야 한다는 상이 강할수록, 삶을 살아내는 데 힘이 많이 들어가고 부딪치는 것이 많을 수밖에 없습니다. 자신이 정해놓은 틀에서 삶이 벗어날 때마다 절망하게 되고 고통스럽게 되는 것이지요.

하지만 그러한 정해진 틀이 없고 붙잡고 있는 것이 없는 사람은 어떤 일이 일어나더라도 부드럽게 수용하고 받아들이게 됩니다. 일어난 일은 일어난 대로 바라보고 수용할 뿐, 이러한 모양이어야 한다고 고집하지 않습니다. 물이 어떠한 그릇에도 그 모양대로 담기듯이 현실이 어떤 모습이든 간에 그 모습 그대로 저항하지 않고 수용하게 되는 것입니다.

지금 무엇에 절망하고 있다면 내 생각대로 되지 않는다고 고집하고 붙들고 있는 것이 있음을 알아차리세요. 삶이 내가 원하는 대로 이루어지지 않는다고 징징대며 어떻게든 자기 고집대로 억지를 부리는 어린아이의 투정은 아닌지 객관적으로 바라보세요.

현실에서 일어나는 일은 그냥 일어난 일일 뿐입니다. 당연히 이래야 하거나 저래야 하는 것은 없습니다. 일어나지 말아야 하는 일도 없으며 일어날 수 없는 일 따위도 없습니다. 뭐든 다 일어날 수 있는 일이고 중요한 것은 그 일에 대한 나의 해석과 판단이며 그 상황을 받아들이고 겪어내는 삶의 태도입니다.

내가 쥐고 있고 집착하고 있는 것이 무엇인지 들여다보세요. 그것이 내 모든 고통의 원인임을 알아차리고 삶에 틀어쥔 힘을 살짝 놓는 연습을 해보세요.

다 괜찮습니다. 무슨 일이 일어나든 당신은 안전하고 괜찮습니다. 삶에서 우리를 절망의 벼랑으로 떨어뜨릴 수 있는 건 자기 자신 밖에는 아무것도 없습니다.

모든 진실은 삶 속에…

어느 한 순간의 알아차림과 깨달음이
그 다음 순간으로 저절로 가지는 않습니다.
깨달음과 지혜는 정지된 개념의 명사가 아니라
끊임없이 진행하고 움직이는 동사이기 때문입니다.
그것은 반드시 삶과 함께 가야 하고
삶 속에서 드러나고 체험되어야 합니다.
현실과 만나지 않고 머릿속에서만 살아있는 깨달음과 지혜
는 책 속에 박제된 단어에 불과하고 한낱 관념에 불과합니
다.
내 안에서 혼자 신비체험을 백날 한다 한들
삶을 바라보고 대하는 관점과 태도가 그대로라면
그건 스스로 최면을 걸어 현실을 도피하는 것과 같습니다.

☆

모든 진실은 삶 속에 있습니다.

일어나 씻고 밥 먹고 똥 싸는, 몸을 보살피는 일상의 모든 행위 속에 있으며, 마주하고 싶지 않은 내 모습을 타인에게서 봐 내는 인내 속에 있으며, 주저앉아 버리고 싶은 고통의 터널조차 묵묵히 한발 한발 내디디며 관통해 낼 수밖에 없는 삶의 무자비함을 감내함에 있습니다.

매 순간 일상을 살아내는 나의 마음가짐이 실은 전부입니다.

☆

당신의 소원이 이루어지지 않는 이유를 알고 싶나요?

시크릿의 끌어당김의 법칙이 한참 유행했었는데요, 생각과 감정만으로도 원하는 것을 현실에 끌어당길 수 있다는 이 법칙은 과연 진짜일까요? 당신은 끌어당김의 법칙으로 무언가를 이루어 본 적이 있나요?

끌어당김의 법칙은 분명히 작동합니다. 이 우주 자체가 에너지의 파동으로 이루어져 있기 때문에 생각과 감정만으로도 같은 파동의 현실을 끌어당길 수 있는 것은 사실입니다. 하지만 그것을 현실에서 직접적으로 느끼지 못하는 이유는 우리의 생각과 감정이 일관되지 못하고 이리저리 왔다 갔다 하기 때문입니다.

만일 당신이 24시간 내내 원하는 것에 생각과 감정을 일치시킬 수 있다면 그것은 분명히 당신의 현실이 되어 있을 것입니다. 그렇지만 생각과 감정을 통제한다는 것은 의지만으로는 불가능합니다. 한 치의 의심이나 불안 없이 자신이 원하는 것을 가질 수 있다는 생각과 감정을 유지할 수 있다면 끌어당김의 법칙을 사용할 필요도 없을 것입니다. 그것은 '믿음의 수준'이 아니라, 이미 가지고 있고 이루었다는 '앎의 수준'이기 때문입니다.

또한 당신의 소원이 이루어지지 않는 이유는 무언가를 욕망한다는 그 마음이 그것을 가지고 있지 않다는 결핍의 파동을 같이 내보내게 되기 때문입니다. '나는 그것을 원해!' 이 말은 결국 '나는 지금 그것을 가지고 있지 않아!'라는 뜻이기 때문입니다.

참 아이러니하지 않나요? 원하는 것이 있다는 것은 그것이 내게 없기 때문인데 이 결핍의 감정이 현실에서 그것이 이루어지는 것을 방해한다니, 그럼 도대체 끌어당김의 법칙을 어떻게 사용해야 하는 걸까요?

우선은 내 안에서 그 무엇이든 괜찮다고 허용하는 데서 시작해야 합니다. 꼭 내가 무엇이 되어야 하고 현실은 이렇게 전개되어야 한다는 생각과 집착을 놓아주고 이미 이대로도 온전하고 완벽하다는, 자신과 삶에 대한 신뢰와 허용이 이루어져야 합니다. 그것을 꼭 이루어야 한다는 조급한 마음을 내려놓고, 돼도 좋고 안돼도 좋다는 편안한 마음으로 의도하고 바라보아야 하는 것이죠.

우리가 어떤 것을 원하는 이유는 그것을 가지고 이루었을 때의 감정 상태를 경험하고 싶기 때문입니다. 내가 왜 그것을 바라는지 자세히 들여다보고 자신이 진정으로 원하는 궁극의 감정 상태를 '지금' 느낄 수 있다면 그 소원은 반드시 이루어지게 되어 있습니다.

솔직히 내 안을 깊이 살펴보면 자신이 진정으로 원하지도 필요하지도 않은 많은 바람과 목표를 가지고 있는 것을 발견하게 될 것입니다. 사회와 타인이 정해놓은 성공과 행복이라는 허상에 아무 생각 없이 그래야 한다고 쫓으며 따라가고 있는지도 모릅니다. 만일 당신이 정말로 소원하고 바랬는데도 이루어지지 않는 것이 있다면 그것은 당신의 소원이 아니기 때문입니다. 자신의 내면과 일치하는 소원은 애써 바라고 원하지 않아도 쉽고 자연스럽게 다 이루어지기 마련입니다.

내가 소원하는 이것이 내면에서 진심으로 원하는 것인지 들여다보세요. 이것저것 많은 것을 가지고 이루는 것보다 내가 진정으로 원하는 그것 하나가 내 삶 전체를 채울 수 있습니다.

삶을 창조하는 비밀…

우리는 태양이 내일도 떠오를 것을 믿는 것이 아니라 알고 있습니다.

나는 내가 여자라는 것을, 한국 사람이라는 것을 알고 있지 믿고 있는 것이 아닙니다.

안다는 것과 믿는다는 것의 차이는 이것입니다.

그저 그러할 것이 너무나 당연해서 그것을 애써 헤아릴 필요도 이해하려 노력할 필요도 없는 것, 그것이 아는 것입니다.

믿는다는 것은 그것이 언제든 아닐 수도 있음을 의미하고 그것을 믿기 위한 증거가 필요하며 그 믿음을 유지하기 위한 애씀이 들어갑니다.

여기에 삶을 창조하는 비밀이 있습니다.

어떤 것을 원하고 무엇이 되기를 바랄 때 내가 그것을 갖게

☆

되고 그렇게 될 거라는 것을 애써 믿는 것이 아니라, 이미 내가 그곳에 있고 그것이라는 것을 자연스레 알 때 나는 이미 그것을 갖고 있고 그렇게 되어 있는 나를 체험하게 됩니다. 단 1퍼센트의 의심도 없이 아는 것, 이것이 끌어당김의 법칙의 핵심이지요.

먼 훗날의 언젠가 그렇게 되리라는 것이 아니라 지금 이 순간에 이미 그렇게 되어 있는 나를 느끼고, 그것을 갖기 위해 안달복달하는 것이 아니라 그것이 이미 당연히 내 것임을 알고 집착하거나 애쓰지 않는 것입니다.

아무리 내가 그것인 척 믿고 세상 모든 사람을 속인다 하더라도, 내 안에 단 1퍼센트의 의심이라도 있다면 정작 나는 '그것이 된 나'를 체험할 수가 없습니다.

이것이 무섭도록 정확하고 투명한 우주의 법칙입니다.

☆

당신은 지금 오감으로 체험되는 영화 속에 있습니다.

우리가 사는 이 현실이 신이 꾸는 거대한 꿈이거나 게임과 같은 가상현실은 아닐까요? 어쩜 우리는 오감까지 느낄 수 있는 영화 속에 있는 건 아닐까요? 어느 성인의 말처럼 '세상 안에 내가 있는 게 아니라 세상이 내 안에 있으며, 이 세상은 내 의식의 결과에 불과할 뿐'인 건 아닐까요?

부처님께서도 '모양이 있는 모든 것은 환상이다.'라고 말씀하셨고, 깨달은 성인들은 하나같이 이 세상이 환영이라고 이야기합니다. 이 몸도 환상이고, 보고 느끼는 이 세상 자체가 마음이 만들어 낸 환영일 뿐이라고요.

하지만 현실을 살고 있는 우리에게는 이 말이 전혀 진실로 다가오지 않습니다. 엄연히 '나'라는 몸이 이렇게 존재하고, 보고 듣고 만지고 느끼는 세상 것들이 실제로 떡하니 존재하는데 이것들이 전부 환영이라니, 그냥 우리가 사는 현실과는 상관없는 다른 차원의 이야기로 여겨버리곤 합니다. 유물론적 사고 위에 세워진 세상에 사는 우리가 이 사실을 쉽게 받아들이기가 힘든 건 물론 당연합니다. 하지만 물질주의적 사고를 조금만 벗어나면 많은 부분이 직감적으로 이해가 되기 시작합니다.

우리가 꿈을 꾸고 있을 때를 생각해 보세요. 꿈속에 있을 때는 모든 것이 다 실제 같지 않던가요? 그 안에서 만나는 사람들, 펼쳐지는 이야기들, 보고 듣고 느껴지는 꿈속의 세계가 그 안에 있을 때는 전부 다 사실처럼 여겨집니다. 하지만 잠에서 깨어나면 일시에 다 사라지고 그것들이 전부 꿈이었음을 알게 됩니다. 그것이 꿈임을 알 수 있는 유일한 방법은 꿈에서 깨어나는 길 밖에는 없습니다. 너무나 실제 같은 이 세상도 그럴 수도 있지 않을까요?

'나'를 포함한 세상의 모든 것은 내가 지어낸 이야기입니다. 이 몸도 하나의 관념이며 '나'라는 자아조차도 생각이 지어낸 이야기일 뿐이며 세상 자체가 통째로 내 마음의 투영입니다. 오감까지 체험되는 영화관에서 영화를 보면서 그것을 실제라고 착각하는 것입니다. 영화 속의 캐릭터에 너무나 동일시가 되어버린 나머지, 나 자신이 누구인지를 잊어버리고 그 영화 속에서 헤매고 있는 꼴입니다.

영화나 드라마를 볼 때 우리는 그 안의 등장인물과 동일시하여 이야기에 푹 빠져있을 수도 있지만, 동시에 그것이 실제가 아님을 알아차리고 언제든지 거기에서 빠져나올 수도 있습니다. 그래서 영화에서 아무리 힘들고 끔찍한 장면이 나오더라도, '진짜 나'에게는 아무런 일이 없음을 알고 그 이야기를 즐길 수가 있는 것입니다.

현실이라는 이 삶에서도 마찬가지인데요, 내가 맡은 역할을 행하며 현실을 살면서 동시에 '나'라는 캐릭터에서 떨어져 나와서 '지켜보는 나'로 존재할 수 있습니다. '현실을 연기하는 나'와 그것을 바라보는 '관찰자인 나'로 동시에 존재할 수 있는 것입니다.

그렇게 '현실 속의 나'와의 동일시에서 벗어날 수 있다면 그 어떤 일이 일어나더라도 본래의 '진짜 나'에는 아무런 영향이 없음을 알고 삶의 이야기를 즐길 수가 있습니다. 더 나아가 현실을 바꿀 수 있는 힘도 자신에게 있음을 알아차릴 수 있게 되는데요, 이 모두가 내가 현실에서 동일시하는 것들에서 떨어져 나와 그 어떤 집착이나 욕망이 비워진 상태에서 가능한 일입니다.

내가 실재라 굳게 믿고 있는 이 삶도 일종의 꿈입니다. 꿈속에서 더 행복한 꿈을 꾸기를 바라거나 애쓰지 말고 지금 이 한순간에 탁 깨어나세요. 아무리 대단하고 요란한 꿈도 깨어나면 한순간에 사라지듯이, 우리 삶도 그 어떤 많은 것을 모으고 이루었다 하더라도 죽으면 사라져버리는 허상입니다. 삶에서 당신이 애써 집착할 것도 붙잡을 것도 하나 없는 이유입니다. 모든 것은 당신의 생각이 지어낸 이야기에 불과합니다.

아무런 이야기가 없고 생각이 없는 '지금 이 순간'의 평온함과 고요함을 느껴보세요. 현실이라는 꿈에서 깨어날 수 있는 유일한 방법입니다.

정보로 존재하는 세상…

모든 것은 정보로 존재합니다.
시간과 공간이 없는 정보에
전 우주의 시공간이 담겨 있습니다.
풀벌레 소리도 정보요, 나무와 흙도 정보요,
그 수많은 이야기가 전부 다 정보로 존재합니다.
우리의 인식이 그것들에 형상과 시공간을
만들어 내는 것이지요.
그러므로 인식하지 않으면 이 세상은 존재하지 않습니다.
새소리도 달도 태양도 우주도
인식하지 않으면 없는 것입니다.
본래 정해진 객관적인 세상이란 없으며
내 인식이 나의 세상을 펼쳐내는 것입니다.

☆

과거 현재 미래라는 선형의 시간 또한 모두 착각이며
우리의 모든 행동 또한 환상입니다.
이 사실을 알면 인식과 감각의 오류 속에서 머물되
결코 거기에 속지 않을 수 있습니다.

☆

삶에 정해진 의미란 없습니다.

'삶의 의미'란 무엇일까요?
당신 삶의 최고 가치는 무엇인가요?
당신은 무엇을 위해 살아가고 있나요?

사람마다 각자가 가진 삶의 최고 가치는 다 다릅니다. 어떤 이에게는 돈이 최고일 수 있고, 또 지식이나 명성, 사람 혹은 신이 삶의 최고 의미가 되는 사람도 있습니다. 우리는 여기에서 '이것이야말로 진정한 삶의 의미.' 이렇게 말을 할 수 있는 게 없습니다. 본래 삶에는 정해진 의미가 없기 때문입니다.

사람들은 무엇에든 그 의미를 부여하고 싶어 합니다. 내가 이 세상에 태어난 이유가 있어야 하고, 내게 주어진

소명이 존재해야 하며, 삶에서 마주하는 것이 전부 어떤 특별한 의미를 지니고 나에게 온다고 생각합니다. 하지만 이것들은 모두 자신이 지어낸 것입니다.

삶에는 본디 정해진 것은 아무것도 없으며 그 자체로 어떤 특별한 의미를 지니는 것도 없습니다. '삶은 아무런 의미가 없다.'라는 말은 수동적이고 좁은 관점에서는 허무주의로 빠질 수 있지만, 전체적인 관점에서 바라보면 이 말은 '삶의 의미는 모든 것이다.'를 뜻합니다.

삶은 정해진 어떤 한 가지의 모양이 아니라 무한한 가능성으로 존재하고 있는 것입니다. 당신이 어떠한 모습으로 세상을 바라보든 이 세상은 당신이 보는 꼭 그 모습으로 존재합니다. 당신과 우주는 매 순간 공동으로 창조 작업을 하고 있는 것입니다.

멋지지 않나요? 이것은 우리가 이미 고정된 세상에서 무력하고 미미한 존재로 살다 죽는 것이 아니라, 내가 태어남과 동시에 이 우주가 생겨나고 원하는 대로 자신의 세상을 창조할 수 있다는 뜻입니다.

하지만 이것이 양자물리학에서 과학적으로도 증명된 사실임에도 불구하고 우리 인식은 이것을 이해하거나 동의하기가 힘듭니다. 세상은 전혀 나와 상관없이 돌아가는 듯 보이고, 삶에서 내 의지대로 되어가는 일은 극히 제한된 것으로 느껴집니다.

왜 그럴까요?
'나'에 너무 집착해 있기 때문입니다. '나'라는 좁은 틀에 집착해서 세상을 바라보고 타인을 바라보기에 나와 세상을 분리하는 현실만 자꾸 만들어 내는 것입니다. 그렇게 '나'라는 것을 붙잡고 그 안에 갇혀 있으면 '거대한 세상'과 '작은 나'로 분리될 수밖에 없습니다.

'나'라고 고집하는 모든 것을 내려놓으세요. 그리고 삶을 온전히 신뢰하고 내맡기세요. 그러면 자신이 우주와 공동 창조자임을 느낄 수가 있습니다.

'나'라는 생각의 스위치를 꺼버리면…

'나'라는 생각의 스위치를 꺼버리면 '나'가 사라져 버립니다.
나, 나, 나, 나…
이 분리의 환상에서 모든 이야기가 시작됩니다.
좁은 이 몸에 초점을 맞추면
금세 세상과 나는 분리가 됩니다.
분리가 주는 즐거움은 괴로움을 동반할 수밖에 없고
이 또한 결국은 다 환상일 뿐입니다.
'나'라는 한정되고 좁은 물질 육신에서 벗어나세요.
그 안에 갇혀 있으면 오감이 닿는 것 이상은
절대 알 수도 느낄 수도 없습니다.
모든 것은 오감의 착각이고 생각이 지어내는 이야기입니다.
내 세상에 내 생각 아닌 것은 하나도 없습니다.

☆

당신이 먼저 웃어야 세상도 따라 웃습니다.

당신 삶의 주인은 누구인가요? 혹시 그 누군가나 무언가에 질질 끌려다니지는 않나요? 스스로가 삶의 주인이 되지 않으면 결국은 그 무엇에든 지배당하게 되어있습니다.

대부분의 사람은 이 세상은 내 의지와 상관없이 돌아가고 자신은 그 속에서 아무 힘도 없는 무력한 희생자라고 생각합니다. 현실에서 자기 의지로 바꿀 수 있는 것은 별로 없으며, 삶에서 벌어지는 일들이 자신에게 일방적으로 일어나는 것으로 여깁니다.

하지만 세상은 나와 떨어져 별개로 존재하는 그 무엇이 아니라 내 생각과 감정에 따라 펼쳐지는 거울입니다. 경계가 뚜렷한 2차원의 평면거울이 아니라, 경계가 없는 3

차원의 입체거울인 것입니다. 이 사실을 인식하지 못하는 우리는 마음에 들지 않는 세상을 향해 원망하고 분노합니다. 자신을 비추는 거울을 보면서 왜 그 모양이냐며 다른 모습을 보여주라고 생떼를 쓰는 꼴입니다.

하지만 당신이 타인과 세상을 바라보는 방식을 바꾸지 않는다면 절대 현실은 먼저 변하지 않습니다. 이 세상은 정확히 자기 내면을 비추는 거울이기 때문입니다. 당신이 웃어야 거울도 웃고, 당신이 사랑을 보내야 거울도 당신에게 사랑을 주는 것입니다.

만일 당신이 현실에 대해서 끊임없이 투정하면서 불평불만을 늘어놓는다면 세상은 당신의 태도를 그대로 반영하여 현실을 펼쳐내고, 당신은 또 그런 현실에 불행과 고통을 느끼고, 세상은 그러한 당신 모습을 다시 펼쳐내는 끊임없는 악순환이 계속되는 것이지요. 단지 보이는 현실에 대한 나의 태도가 다시 내 현실을 만들어 낸다니, 왠지 닫힌 고리 안에 갇힌 듯한 억울한 생각도 들 겁니다. 그러면 이러한 악순환의 고리를 끊어내는 방법은 무엇이 있을까요?

간단합니다. 현실에 대한 나의 태도를 바꾸면 됩니다.

거울을 보면서 계속 인상 쓰고 찡그리면서 자신의 웃는 얼굴을 보기를 기대한다는 것은 바보 같은 짓이듯이, 세상을 향해 불평하고 화를 내면서 현실이 우리에게 친절하기를 기대하는 것 또한 어리석은 짓입니다. 보이는 현실이 어떠하든 간에 먼저 미소 짓고 웃어버려야 합니다.

내게 펼쳐진 세상이 아무리 어둡고 절망적으로 보이더라도 화내고 슬퍼하는 대신에, 숨 한번 크게 쉬고 그 어둠의 끝에 보게 될 밝음을 미리 느끼며 묵묵히 그 시간과 공간을 통과해 내는 겁니다. 그러면 세상은 현실에 대한 나의 태도를 그대로 따라서 비추어 낼 수밖에 없습니다.

이렇게 세상이 나를 비추는 거울임에도 삶에서 일어나는 일이 내 의도와 상관없이 일어나는 듯 보이는 이유는 우리 안의 무의식 때문입니다. 의식적으로는 이 일을 원하지만, 무의식 안에서는 그 일에 저항하는 여러 감정이 있기에 현실에서 실현되기가 힘든 것입니다.

현실을 조종할 수 있는 방법은 보이는 세상에 자동반사

로 반응하지 않고 원하는 대로 생각과 감정을 먼저 결정해 버리는 것입니다. 거울에 비친 내 모습과 세상에 무의식의 프로그램대로 반응하는 것이 아니라 의식적으로 자신이 원하는 생각과 감정을 선택해서 반응해 버리면 우리 내면을 비추는 거울은 그에 따라 세상을 펼쳐 보일 수밖에 없기 때문입니다.

인간에게 주어진 가장 큰 힘은 무의식의 프로그램을 알아차리는 것입니다. 이미 조건 지어진 생각과 감정을 알아차리고 그것과 다른 반응과 행동을 선택하면 우리는 정해진 운명의 고리 안을 벗어날 수가 있습니다.

내 삶의 주인은 '나'임을 선포하고 먼저 선택하고 행동하세요. 세상이 당신을 따라갈 수밖에 없을 것입니다.

내가 대접한 그대로…

세상과 타인은 나를 정확히 비추는 거울입니다.

세상도 타인도 내가 대접한 그대로 돌아오기 때문입니다.

내 안의 무의식의 감정과 관념들을 한 발 떨어져 들여다보면, 내가 옳다는 생각, 저 사람은 이래야 한다는 턱없는 자신의 오만을 볼 수 있습니다.

모든 이들은 매 순간 자신의 수준에서 할 수 있는 최선의 행동을 하고 있음을 인정하세요.

내 기준과 잣대를 내려놓고, 내가 맞다는 생각도 내려놓고 판단 분별없이 있는 그 모습 그대로 통째로 받아들이세요.

'나'라는 생각이 없으면 그 어떠한 것도 걸림 없이 그대로 나를 통과해 흘러가기 마련입니다.

'나'를 고집하지 않으면 삶이 말해주는 모든 메시지를 들을 수 있습니다.

☆

이 세상은 오직 당신에 의한, 당신을 위한, 당신의 세상입니다.

광활한 우주에서 자신이 너무 미미하고 하찮게 여겨지나요? 나 하나쯤 사라져도 이 세상은 아무 일 없이 잘 돌아갈 것이라는 생각에 허무하고 슬프나요?

우리는 이미 형성되어 있는 거대하고 실체적인 세상에 '나'라는 미미하고 나약한 존재가 태어나서 그 속에서 무력하게 살다가 죽고, 자신이 죽은 후에도 이 세상은 변함없이 잘 돌아갈 것이라고 생각합니다.

하지만 실제로는 당신이 태어남과 동시에 세상이 펼쳐지고, 당신이 죽는 순간 이 세상도 사라집니다. 당신이 보고 느끼고 경험하는 것에 의해서 당신의 세상이 존재하기 때문입니다.

당신에게 감각되고 경험되는 세상은 오직 당신 안에만 존재하며 그것에 대한 해석으로 현실을 이해하고 창조해 내는 것 또한 온전히 당신에 의해 이루어집니다. 당신이 보고 느끼고 경험하는 세상은 오직 당신에 의한, 당신을 위한, 당신의 세상인 것입니다.

지구 위의 77억의 사람 중에서 당신과 똑같은 모습으로 같은 생각을 하는 사람은 단 한 사람도 없으며, 당신과 같은 세상 속에 존재하는 사람도 단 한 사람도 없습니다. 모두 각자의 세상 속에서 저마다의 현실을 살아가고 있습니다.

이것은 내가 존재하기에 세상이 존재할 수 있는 것이고, 내가 이 세상의 한 귀퉁이에 살고 있는 작은 존재가 아니라, 온 우주를 품고 있는 엄청난 존재라는 의미를 품고 있습니다. 이 우주가 곧 나이고 내가 곧 이 우주인 것입니다.

이것은 또한 내가 보고 느끼는 모든 것이 나의 확장임을 의미합니다. 내 세상의 타인들, 나무, 꽃, 구름, 하늘, 바람, 햇살, 이 모두가 내 안에 있으며 그것은 곧 나와 하나입니다. 우리가 이 사실을 쉽게 받아들이지 못하는 이유는 오감으로 인식되는 물리적인 세계에 갇혀 있기 때문입니다. 보이고 들리고 만져지는 물질세계만이 실체라는 믿음 때문에 우리는 그 너머의 세상을 보고 느끼는 방법을 잊어버린 것입니다.

모든 것은 내 생각과 믿음에서 비롯됩니다. 자신이 고정불변하는 거대한 세상의 무력한 희생자라고 생각한다면 삶은 그 믿음 그대로 펼쳐질 것이고, 이 세상은 나를 위해 존재하고 나에 의해 펼쳐지는 무한한 창조와 체험의 공간임을 안다면 그 앎 그대로 삶을 살아가고 경험할 수 있는 것입니다.

지금부터 자신과 자신의 현실을 관찰자의 눈으로 한 발떨어져 바라보는 연습을 해보세요.
'나는 누구인가?'
'내 현실은 왜 이렇게 펼쳐지고 있는가?'

무엇이든 제대로 보고 알기 위해서는 거리를 두고 떨어져서 바라보아야 합니다.

생각 속의 세상에 갇혀 사는 것은…

백 번, 천 번을 앵무새처럼 말과 글로 되풀이해도
단 한 번의 체험 앞에서는 아무런 힘이 없습니다.
이 세상은 생각으로 살아내는 곳이 아니라,
몸으로 직접 통과해 체험해 내는 곳이기 때문입니다.
생각 속의 세상만 바라보며 사는 것은
똑같은 필름 속에 갇혀 사는 것과 같습니다.

☆

세상을 좇지 말고 세상이 당신을 좇아오게 만드세요.

만일 당신에게 무엇이든 이룰 수 있고 가질 수 있는 마법의 능력이 주어진다면 어떻게 할 건가요? 그 능력을 사용해서 무엇을 할지 한 번 상상해 보세요. 아마 당신은 자신이 이루고자 하는 것의 리스트를 작성해서 신중하게 그 마법을 사용할 것입니다. 그 누구도 원하지 않는 것에 그 귀한 능력을 낭비하지 않을 것입니다.

실제로 우리에게는 무엇이든 이루고 가질 수 있는 마법의 능력이 있습니다. 그것은 바로 '생각'과 '감정'입니다. 우리는 생각과 감정으로 매 순간 자신의 현실을 창조하고 있습니다.

이 세상은 끊임없이 진동하는 에너지로 이루어져 있습니

다. 그 에너지의 장에서 내가 바라보고 인식하는 것만이 나의 현실에 물질화되어 나타나는 것입니다. 세상을 바라보는 방식과 어떤 생각을 품고 있는지에 따라 자신의 현실이 결정되는 것입니다.

우리가 이 사실을 자각하지 못하는 이유는 이미 고정된 관념에 따라 현실을 바라보도록 길들여져 있고, 생각 또한 한 곳으로 집중하지 못하고 이리저리 산만하게 날려버리기 때문입니다. 만일 당신이 충분한 시간을 들여 생각을 한 곳으로 모아서 집중할 수 있다면 그것은 반드시 당신의 현실에 나타나게 됩니다. 당신이 간절히 원하는데도 이루어지지 않은 생각이 있다면, 그것은 그 생각 이면에 이것이 이루어지지 않으면 어쩌나 하는 두려움과 불안이 있기 때문입니다.

생각과 감정은 에너지이고 그 에너지의 파동에 동조하는 것들이 현실에 끌려오기 마련인데, 문제는 우리의 모든 생각과 감정에 이 법칙이 작용한다는 것입니다. 이 생각은 이루어졌으면 좋겠고, 저 생각은 빼고, 이 감정에 상응하는 일들은 계속 일어나면 좋고, 저 감정은 그냥 무시해서 없애 버리고, 이것이 우주에서는 통하지 않습니다.

당신이 일으키는 모든 생각과 감정이 하나도 빠지지 않고 모조리 다 현실에 반영이 되는 것입니다.

하루 내내 당신이 어떤 생각과 감정 속에서 사는지 한번 들여다보세요. 당신이 일으키는 부정적인 생각과 감정을 그대로 다 현실에 실현하지 않고 어느 정도 걸러주고 상쇄시켜 주는 우주의 친절과 배려에 아마 감사하게 될 겁니다.

당신에게는 당신이 원하는 모든 것을 끌어당길 수 있는 마법의 능력이 이미 장착이 되어있습니다. 당신이 그것의 사용 방법을 모르기 때문에 그 귀한 능력을 이리저리 낭비하고 있는 것입니다.

보이고 느껴지는 현실에 질질 끌려가지 말고, 생각과 감정이라는 마법의 도구로 당신의 현실을 창조해 보세요. 당신이 세상을 쫓아가는 게 아니라, 세상이 당신을 쫓아오게 될 것입니다.

아주 작은 각도의 변화가···

아주 작은 각도의 변화도
결국에는 엄청나게 큰 변화를 가져옵니다.
나의 작은 관점의 변화, 행동의 변화가 결국엔
완전히 다른 나와 나의 세상을 만들어 내게 됩니다.
지금 내가 하는 생각과 행동 하나하나는
씨앗을 뿌리는 것임을 기억하세요.
그 씨앗은 정확히 내가 내보낸 대로 발아해서
싹을 틔우게 됩니다.
사랑과 감사의 씨앗은 사랑과 감사의 싹을 틔우고
불평과 화는 그대로 불평과 화의 싹을 틔웁니다.
이 세상은 내가 내보낸 그대로 비추는
완벽한 거울인 것입니다.

☆

매 순간 사랑과 감사와 기쁨의 씨앗만을 뿌리세요.
그 씨앗이 여기저기서 발아해 온통 사랑과 감사와 기쁨이
가득한 세상이 됩니다.

☆

당신의 모든 기도는 이미 전부 다 이루어져 있습니다.

당신은 어떤 기도를 하나요? 당신의 신은 당신의 부탁을 잘 들어주나요? 아무리 기도해도 그에 대한 응답이 없을 때 혹시 당신의 기도 방식이 잘못된 건 아닌가 하는 생각은 안 해봤나요?

사실 모든 기도는 하나도 빠짐없이 이미 전부 다 이루어져 있습니다. 기도에 대한 응답을 받지 못한다고 느끼는 이유는 당신이 전체를 보지 못하고 부분만을 보기 때문입니다.

사람들은 보통 자신이 원하는 것을 얻기 위해서 혹은 자기 힘으로는 어찌할 수 없는 상황 앞에서 더 큰 힘을 빌리기 위해 신께 기도합니다. 그럴 때의 기도는 신께 이것저것을 요구하며 내 부탁을 들어주라는 생떼에 지나지 않습니다. 이미 있는 것에 대한 감사의 마음을 내는 대신에 항상 무언가를 더 바라는 자신의 욕망을 채우기 위한 도구로 기도를 사용하는 것입니다. 만일 기도가 욕망의 갈증을 채우는 데 쓰인다면 그것은 더 깊은 목마름을 일으키는 소금물처럼 우리를 파멸로 이끌고 가게 됩니다.

혹 자신이 응답받지 못했다고 여겨지는 기도가 있다면 그것이 나에게 해가 되기에 신께서 주지 않은 것임을 알아차리세요. 지금 나의 이 기도가 궁극으로 나를 위한 것인지 해가 되는 것인지 우리는 결코 알 수가 없습니다. 솔직히 마땅히 들어져야 할 기도는 당신이 청하기도 전에 이미 응답 되어있습니다. 그 외의 모든 기도는 당신의 욕심이고 허영이고 오만일 뿐입니다. 여기에 당신이 더 이상 바라고 빌 것은 하나도 없습니다.

가만히 생각해 보세요. 내 바깥에 존재하는 어떤 큰 힘에게 원하는 것을 들어달라며 이것저것 졸라대는 것이 과연 진짜 기도일까요? 당신의 그 부탁을 받고 어떤 것은 들어주고, 어떤 것은 안 들어주고, 이렇게 뽑기 놀이처럼 당신을 시험하는 것이 과연 당신이 생각하는 신인가요?

기도의 본래 목적은 자신이 원하는 무언가를 달라며 조르는 게 아니라 이대로 모든 것이 완벽하고 온전함을 알고, 신께 감사드리는 데 있습니다. 인간적인 마음의 분별로는 당연히 불완전해 보이고 결핍되어 보이는 현실을 신의 눈으로 바라보는 것입니다. 그렇게 분별을 내려놓고 신의 눈으로 세상을 바라보면 이대로 아무런 문제가 없음을 깨닫게 됩니다.

삶의 문제라고 여겨지는 것들, 모나고 결핍되고 불완전해 보이는 모든 것은 실은 생각의 분별이 지어내는 것이기 때문입니다. 그것 자체로는 아무런 의미도 이야기도 지니고 있지 않습니다.

생각의 분별에 갇힌 우리는 세상을 있는 그대로 바라볼 수가 없습니다. 모든 분별을 내려놓고 신의 눈과 마음으로 세상을 바라보는 것이 기도입니다. 더 나아가 신과 내가 분리되어 있지 않음을 알고 자신 안의 신성을 느끼는 것이 기도의 진정한 의미입니다.

신과 내가 분리되어 있지 않음을 알면 더 이상 내 바깥의 어떤 존재에게 무언가를 갈구하지 않게 됩니다. 내 안에 신이 항상 있음을 알고 이미 이대로 완벽함을 느끼면 더 이상 바라는 게 없게 되기 때문입니다.

실망스러운가요? 당신이 원하는 신은 그 전지전능한 능력으로 당신이 바라는 대로 삶을 바꿔주는 요술램프의 지니이기를 바랬는데, 그냥 그대로 현실에 만족하며 살아라 이렇게 들리나요?

더 크게 생각하고 존재하세요. 내 바깥의 어떤 것에 구걸하지 말고 자신이 직접 요술램프의 지니가 되세요. 진정한 기도는 삶을 바꿀 수 있는 힘이 자기에게 있음을 아는 것입니다.

이미 이대로 다 이루어진 세상⋯

숨 쉬는 것보다 더 큰 기적은 없습니다.
나의 이 한 호흡에 전 우주가 생성되었다 소멸되기 때문입
니다.
살아있음이 얼마나 큰 축복이고 기적인지를 알면
삶에서 그 어떤 것이 주어지든 감사히 받을 수 있습니다.
내가 바라고 원하는 일이 일어나야 감사하고 행복한 것이
아니라, 지금 내게 펼쳐지는 삶의 완벽함과 온전함에 감사
할 수 있게 됩니다.
모든 것은 이대로 완벽하고 온전합니다.
오직 시비 분별하는 내 생각만이 이 세상을 불완전하게 만
듭니다.
나의 눈을 가리고 있는 생각들을 모두 걷어낸다면
이미 이대로 다 이루어진 세상을 볼 수 있습니다.

☆

무조건적인 감사에 삶의 모든 비밀이 담겨 있습니다.

당신은 하루 중 감사의 마음을 얼마나 느끼나요? 설마 '감사할 만한 일이 있어야 감사를 하지.' 이렇게 속으로 투덜거리고 있는 건 아니겠죠?

행복해지기 위한 가장 최고의 방법은 소원하던 일이 이루어져야 하거나, 생각지도 못한 행운을 만나야 하는 것이 아니라, 삶에서 그 어떤 일이 일어나더라도 감사할 수 있는 마음을 지니는 것입니다.

진정한 사랑이란 어떤 조건이나 이유를 달지 않고 상대방의 모습을 그대로 인정하고 그 존재 자체를 사랑하는 것처럼, 진정한 감사도 내게 보이는 상황이 어떠하든 간에 삶에서 일어나는 일을 무조건 그대로 감사해 버리는 것입니다.

우리는 습관적으로 잘못되고 결핍된 것에 초점을 맞추는 경향이 있습니다. 이미 삶에서 누리는 것이 너무나 많음에도 불구하고 그것에 대해 알아차리고 감사하며 기뻐하는 대신, 자신의 분별로 부족하고 잘못되었다고 생각하는 것, 자기가 가지지 못한 것에 초점을 맞추며 슬퍼하고 절망하기 일쑤입니다.

이것은 새로운 것을 발명하고 발전시키려는 인류 문명의 발달 과정에서 우리에게 학습된 습관입니다. 분별을 더 잘할수록, 불편하고 잘못된 것을 더 잘 알아차리고 개선할수록, 인정받고 살아남을 수 있다고 집단 무의식에 뿌리 깊게 인식되었기 때문입니다. 하지만 이러한 그릇된 믿음은 우리를 더욱더 첨예한 분별과 생각의 감옥에 가둬버리게 됩니다.

분별의 마음으로 세상을 바라보면 결핍되고 모난 것투성이입니다. 온통 하얀 백지에 까만 점 하나만 있어도 새하얀 넓은 공간은 보지 못하고 까만점 하나만 보듯이, 우리의 마음은 이대로의 세상에서 오직 불완전해 보이는 것에 초점을 맞춥니다.

하지만 이 모두는 생각이 일으킨 착각입니다. 하얀 백지의 까만점이 결점이라고 단정해 버리는 착각, 삶이 내가 원하는 대로 이루어져야만 행복할 수 있다는 착각, 세상과 타인으로부터 내가 분리되어 존재한다는 착각, 그러기에 끊임없이 내 존재를 인정받고 확인하기 위해 애써야 한다는 착각, 이 모든 착각이 우리의 원래 본성인 기쁨과 행복으로부터 멀어지게 하는 것입니다.

무조건적인 감사에 삶의 모든 비밀이 다 담겨 있습니다. 일어나는 상황을 자신의 옹색한 지혜와 비좁은 시각으로 이러쿵저러쿵 판단하지 않고, 지금 이 일은 나에게 일어나야 하는 완벽한 일이며, 결국은 나를 위한 최상의 방향으로 이루어질 것임을 알고 그냥 무조건 감사하는 것입니다.

보통 원인에서 결과를 이끌어 내는 사고방식에 익숙한 우리는 이미 일어난 상황에 대해서 무의식적으로 자동 반응하게 되어있습니다. 이것은 좋고 저것은 나쁘고, 이 일은 달갑고 저 일은 껄끄럽고, 타인의 이런 말과 행동은

날 기쁘게 하고 저런 행동은 날 분노케 하고, 이렇게 특정한 상황에 대해 일으키는 감정과 행동이 거의 정해져 있습니다.

하지만 그렇게 일어난 상황에 대해 똑같은 패턴으로 무의식적인 반응만 하다 보면 우리는 닫힌 고리 안에서 상황에 끌려다닐 수밖에 없게 되고, 행복과 불행이 자기 자신이 아닌 바깥의 외부 상황에 좌우될 수밖에 없습니다.

하지만 만일 우리가 원인과 결과라는 고리를 벗어나서 결과를 이미 정해놓고 원인을 이끌어 내게 된다면 어떻게 될까요? 그 어떤 일이 일어나더라도 그대로 받아들이고 먼저 감사해 버린다면 어떻게 될까요?

우리가 세상에 수동적으로 반응하며 질질 끌려가는 것이 아니라 세상이 우리를 따라오게 될 것입니다. 삶을 창조하는 비밀이 이 무조건적인 감사에 있는 것입니다.

귀가 솔깃하지 않나요? 지금부터 무슨 일이 일어나더라도 불평하거나 화를 내는 대신, 숨 한 번 크게 쉬고 활짝 미소 지으며 감사해 버리세요. 삶에서 놀라운 기적이 일어나는 것을 볼 수 있을 겁니다.

특별한 기적이란 없음을…

삶에서 기적을 원하나요?

그냥 그것이 되어버리세요.

모든 기적은 평범함과 지극히 당연함 속에 있습니다.

내가 아닌 것 같은, 내 것이 아닌 것 같은 기적은 바로 사라

지기 마련입니다.

붙잡으려고 하는 마음, 내 것으로 만들고자 하는 집착이

늘 허기를 일으킵니다.

삶의 모든 껄떡거림은 결핍의 생각에서 나오기 때문입니다.

언제든지 가질 수 있고 내가 곧 그것임을 알면 집착할 필요

가 없이 갈증과 허기에서 자유로워지게 됩니다.

살아있음이란 기적과 불만 둘 중 하나를 선택하는 것입니

다.

☆

매 순간 기적을 선택하세요.
특별한 기적이란 없습니다.
이대로 전부 기적입니다.
모든 것을 당연시해 버리는 그 마음이 삶이라는 기적을 보지 못하게 합니다.

☆

이유가 있는 행복은 다른 모습의 고통을 동반합니다.

당신은 지금 무엇을 원하나요?

돈을 많이 벌기를 원하나요?

유명해지기를 원하나요?

날씬하고 멋진 외모를 원하나요?

병이 낫기를 원하나요?

그 사람이 내 뜻대로 해 주기를 원하나요?

그럼, 당신은 왜 그것들을 원하나요?

빈 종이를 앞에 두고 원하는 것을 하나씩 적어가면서 내가 이것을 왜 바라는지 자신에게 솔직히 질문해 보세요. 그리고 그 질문에 대해서 더 이상 나올 답이 없을 때까지 왜냐고 계속 묻고 또 물어보세요. 이것이 피상적인 생각의 층을 뚫고 본질적인 내 안의 의식에 가 닿을 수 있는 방법입니다.

우리는 항상 무언가를 바라고 갈망하지만 그것을 원하는 진짜 근본 이유에 대해서는 깊이 생각해 보지 않습니다. 그것을 가지고 이루면 행복해질 것이라는 막연한 기대만 가지고 있을 뿐입니다. 돈을 많이 벌어 좋은 집 좋은 차를 가지면 행복해질 것 같고, 유명해지고 사람들에게 인정받으면 행복해질 것 같고, 지금 내게 골칫거리로 여겨지는 이 문제가 해결되면 행복해질 것 같고, 이렇게 우리는 행복해지기 위한 여러 가지 조건들을 만들어 내 자신이 지금 행복하지 않은 이유를 설명합니다.

그럼 행복해지는데 왜 그것들이 필요한 것일까요?
지금 이대로 우리는 행복해질 수 없는 것일까요?

실제로 우리가 행복해지기 위해 무엇이 더 필요하거나 다른 어딘가에 갈 필요가 없습니다. 행복이란 어떤 것을 소유하고 무언가를 했을 때에 얻을 수 있는 것이 아니라 지금 이 순간, 삶을 대하는 나의 존재 상태이기 때문입니다.

바깥의 외부 환경이나 타인에게 의존하는 행복은 진정한 행복이 될 수 없습니다. 내가 추구하는 행복의 그 조건이 충족된다고 하더라도 그것은 일시적인 만족감만을 줄 뿐 결코 영원하지 않으며, 그 조건이 사라지면 그 전보다 더 심한 비참함과 절망감의 나락으로 떨어지게 됩니다.

몸을 해치는 담배나 술, 약물뿐만이 아니라 드라마중독, 쇼핑중독, 외모중독, 도박중독 등도 마찬가지입니다. 이러한 것은 일시적으로 우리를 행복하게 해 주고 만족과 기쁨을 주지만 절대 지속되지 않으며, 더 큰 갈증과 욕망을 일으켜 우리의 몸과 정신을 파괴합니다.

이렇게 외부의 어떤 것에 삶의 기쁨과 행복을 의지하게 되면 우리가 삶을 사는 게 아니라 그것이 삶의 주인이 되어 우리를 휘두르게 됩니다. 결국은 그것에 삶을 통째로 내어주게 되는 셈입니다.

진정한 행복은 바깥세상에 의지하는 언제든지 사라질 수 있는 신기루 같은 불완전한 기쁨이나 즐거움이 아니라, 영원하고 온전한 그 어떤 것에도 의존하지 않는 내 안의 깊은 내면의 존재 상태입니다. 어떤 것이 되어야 하고 이루어야 행복해질 수 있는 것이 아니라 이미 우리는 행복한 존재 상태인 것입니다.

내가 가진 모든 조건에 만족하고 삶에서 그 어떤 결핍이나 필요도 느끼지 않는 충만함을 느끼는 것입니다. 나와 세상을 바라보는 태도가 불만과 결핍이라면, 이 지구가 통째로 주어진다 하더라도 아주 잠깐 기쁨과 행복을 느낄 수 있을지는 모르지만 여전히 불만과 결핍의 존재 상태를 경험할 것입니다. 지금 이 순간 여기에서 이대로 행복할 수 없다면 나는 그 어떠한 것이 주어진다 해도 결코 행복해질 수가 없는 것이지요.

지금부터 삶의 모든 것에 감사해 보세요. 들이마시고 내쉬는 호흡부터 시작해서 자유자재로 움직일 수 있는 몸, 나를 따스하게 비추는 햇살, 먹고 마실 수 있는 자연이 주는 모든 풍요, 내 곁의 사람들, 너무나 당연시 여겼던 것에 감사의 마음을 내어 보세요.

무얼 이루고 가져야만 행복한 것이 아닙니다. 진정한 행복은 삶의 모든 순간이 기적이고 지금 이 순간의 내가 기적임을 아는 것입니다.

삶에 그 어떠한 것이 와도…

감사 이외에 신께 드릴 수 있는 기도는 없습니다.
삶에 그 어떠한 것이 와도 오직 감사하세요.
그것이 나에게 좋은 일인지 나쁜 일인지
나는 감히 판단할 수 없기 때문입니다.
'이것은 좋은 일이다' 내가 먼저 선언하고 감사해버리면
그 일은 궁극으로는 나를 위한 최선의 일이 됩니다.
오감으로 인지되는 세상을 수동적으로 느끼고 해석하고
받아들이는 대신, 내가 먼저 나의 세상을 결정하고 바라보
는 관점의 전환에서 기적이 일어납니다.
원인에서 결과를 끌어내지 말고
이미 이루어진 결과에서 원인을 이끌어 내세요.

☆

삶에서 무엇을 받느냐에 따라서 내 행복이 결정되는 것이 아니라, 내가 삶에 무엇을 집어넣느냐가 나의 세상을 결정합니다.

매 순간은 나와 나의 세상을 결정할 수 있는 소중한 기회입니다.

그러니 오직 사랑과 감사 기쁨만을 나의 세상에 집어넣어야 합니다.

☆

publisher   instagram   jin.sehee

사는것도 두렵고 죽는것도 두려운 당신에게

초판발행 2024년 1월 12일 **3쇄발행** 2024년 11월 5일
지은이 진세희
펴낸이 최대석 **펴낸곳** 행복우물 **출판등록** 307-2007-14호
등록일 2006년 10월 27일 **주소** 경기도 가평군 경반안로 115
전화 031-581-0491 **팩스** 031-581-0492
전자우편 book@happypress.co.kr
값 16,000원 **ISBN** 979-11-91384-86-4